ベリーズ文庫

一途な救命救急医の溢れる恋情で娶られて――この最愛からは逃げられない【ドクターヘリシリーズ】

佐倉伊織

STARTS
スターツ出版株式会社

目次

一途な救命救急医の溢れる恋情で娶られて――この最愛からは逃げられない【ドクターヘリシリーズ】

一途な救命救急医の溢れる恋情で娶られて――
この最愛からは逃げられない
【ドクターヘリシリーズ】

プロローグ

骨ばった大きな手が、私の肌を滑るように動く。

「ん……」

スカートの中に手を入れられて太ももを撫(な)でられたせいで甘ったるいため息が出てしまい、慌てて口を手で押さえた。

「なにしてんだ」

それに気づいた海里(かいり)くんは、私の両手をシーツに縫いとめて、熱を孕(はら)んだ瞳で見下ろしてくる。

「なにって……」

恥ずかしいからに決まっているのに、本気でわからないような顔をしているのが不思議でたまらない。

「俺が何年、この日を待ってたと思ってるんだ」

「えっ？」

「京香(きょうか)の顔を思い浮かべながら、ひとりで何度も……。そのたびにお前を汚してしまったと後悔するのに、止められなくて」

真顔でのそんな告白に、なんと答えたらいいのかわからない。

「だから、京香の恥ずかしい声も乱れた姿も、もう全部想像済み」

「そんな……」

どんな想像をされていたのかと、うろたえる。美化されていたらたまらない。

モデルのようにスタイルがよく、引き締まった体つきをしている彼とは違うのだ。

がっかりするに決まっている。

「でも、全然違ってた」

ああ、やっぱり理想にはほど遠いのだと唇を噛(か)みしめると、彼は私の唇をこじ開けて指を口の中に入れてきた。

「噛むなら俺の指にしろ」

声が出せずに首を横に振ると、彼は私の耳元に口を寄せてささやく。

「それじゃあ、いやらしく舐(な)めて」

そんなことができるわけない。

たくましい腕を握って拒否すると、今度は彼が私の手を取り、色香を纏(まと)った視線を送ってくる。

「想像と全然違って、何百倍もかわいい。こうやって顔を真っ赤にして照れる姿も甘いため息も、それが俺だけに向けられたものだと思うと、たまんない」

がっかりしたんじゃ、ないの？

意外すぎる答えに、しばらく言葉が出てこない。

「だから、もっと見せて。まだ俺の知らない京香の顔が見たい。お前の全部を独占したいんだ」

そんなふうに言う彼は、私の指を自分の口に入れて舌を巻きつけてくる。その姿があまりになまめかしくて、全身が熱を帯びだした。

「指だけじゃなくて、京香の全身をかわいがらせて。俺だけのものになってくれ」

まっすぐに見つめられて懇願された私はもう拒否なんてできず、小さくうなずく。

すると満足そうな笑みを浮かべた彼は、指を絡めて私の手を握り、熱い唇を重ねた。

再会は突然に

「ありがとうございました」

東京に数店舗ある美容室『アクア』の本店で働いている私、田崎京香は、シャンプー、カット、カラー、そしてパーマなど、どんな施術でも担当できるスタイリストになって六年の二十九歳。担当しているお客さまは数多くいるけれど、今日のラストはアシスタント業務だった。

アクアのオーナーで、アートディレクターの渡会匠さんを指名してくる、俳優の生駒光さんが来店したからだ。

三十五歳らしい彼は、現在放送中の人気ドラマで準主役をしており、人気がうなぎ上り。アクアに顔を出すたびに、ほかのお客さまやスタッフの注目の的となる。だからもちろん、個室での対応だ。

そんな有名俳優を担当する四十一歳の渡会さんはこの業界でも有名で、映画やドラマの撮影のヘアメイクも請け負っている。出演している俳優から直々に指名が入るのだ。

そのつながりで、生駒さんが渡会さんを気に入り、アクアを訪れるようになった。

私も渡会さんのアシスタントとして時折撮影現場に同行し、経験を積ませてもらっている。そのときに生駒さんとも顔見知りになり、以来、来店するたびに私をアシスタントに指名してくれるようになった。

短めで緩いスパイラルパーマのかかっている生駒さんに、今日はトリートメントと毛先のカットを施して、渡会さんとともに店先まで見送りに出る。

「やっぱりここは最高だよ」

「うれしいお言葉ありがとうございます。またのご来店をお待ちしております」

渡会さんが丁寧に対応しているが、生駒さんの目は私に向いている。私はぎこちない営業スマイルを作り、頭を下げた。

実は以前、電話番号を強引に渡されて少し困っているのだ。

男性客から交際を申し込まれることもあるけれど、お客さまはお客さま。ややこしい関係になって仕事がしにくくなるのは嫌なので、すべて断っている。たとえ相手が俳優でも同じだ。

私がいつまで経(た)っても電話をかけないからか、彼はふたりきりになれるチャンスをうかがっているように感じる。

しかし、勘の鋭い渡会さんは生駒さんが私に仕事以上の関係を望んでいることに気づいているようだ。必ずそばにいてくれるため助かっている。

「渡会さん、腕はいいんだけど、察しが悪いよね」

生駒さんがぼそりとつぶやくが、渡会さんは笑顔を崩さない。

「それは申し訳ありません。ですが、察しはよいほうだと自負しております」

ふたりきりにしてほしいという生駒さんの気持ちにばっちり気づいているのだから、むしろ察しがよすぎる。

ナイスな渡会さんの返しに、心の中でガッツポーズを作った。

「ああ、そう。それじゃあまた」

なんとかあきらめた生駒さんは、高級外車に乗り込んだ。

ふたりで深々と頭を下げてお見送りすると、渡会さんがニッと笑って話し始める。

「今日もお疲れ。美人は気苦労が絶えないね。でも、仕事相手にはなびかない塩対応が最高だ」

「助けてくださってありがとうございます」

私が不自然な笑顔で対応していることも含めて、やはり気づいているのだ。

ファンがたくさんいる生駒さんは自信満々で、〝俺の誘いを断る女なんてこの世にいない〟と言わんばかりの態度をみせる。俳優としての彼は嫌いではないけれど、ちょっとモラハラ臭がして苦手だ。

生駒さんは、鼻筋の通った整った顔を持ち、身長も百八十センチ以上あるようだけれど、渡会さんも負けず劣らず、眉目秀麗(びもくしゅうれい)。渡会さん目当ての女性客も多く、それこそ女優さんからのアプローチもあるようだが、彼には素敵な奥さまがいて目もくれないし、幸せそうだ。

「さて、アシスタントの指導をして早く帰ろう。奥さんの手料理が待ってる」

うきうきした様子で店内に戻っていく渡会さんは愛妻家で、微笑(ほほえ)ましい夫婦だと思う。

一方私は、もうすぐ三十歳になるというのに特別な関係の男性すらおらず、幸せな結婚生活なんてほど遠い。でも……。

「誰でもいいわけじゃないもんね」

ぼそりとつぶやく。

ふと空を見上げると、ビルの谷間から淡い光を放つ月が見えた。それと同度に、とある人の顔がふと浮かぶ。

「どうしてるのかな……」

『俺が京香の家族になる』

中学三年のとき。両親を事故で一度に亡くし、悲しみと絶望で涙を止められなかった私をそう励ましてくれた彼は、今頃どこでなにをしているのだろう。

そんなことを今さら考えても仕方がないとわかっているけれど、彼だけは忘れられない。

「田崎、どうした？」

「今行きます」

渡会さんに呼ばれて我に返った私は、店へと駆け込んだ。

すべてのお客さまを送り出したあとは、アシスタントへの技術指導が待っている。

美容業界はなかなか厳しい。はさみの入れ方やパーマの方法などの技術はもちろんのこと、お客さま一人ひとりの顔や頭の形、そして好みに合わせるという、臨機応変な対応を迫られる。場数を踏まなければ上達は見込めず、スタイリストとしてひとり立ちするにはかなりの時間を要するため、途中で辞めてしまう人も多い。

「表面にはさみを入れすぎると、スタイリングしにくくなるの。だから――」

アクアに採用されてまだ四カ月の女性アシスタント、山田(やまだ)さんの指導を始める。

華々しい世界だと信じて飛び込んできた彼女は、掃除や受付など裏方しか担当させてもらえないことに悶々としているようだ。とはいえ、お客さまの髪を切ってお金をいただけるようになるまでは、まだ何年もかかる。

特にここアクアは、渡会さんが腕一本で信頼を勝ち取り、レベルが高いと評判の有名店だ。ほかにも系列店舗がいくつかあるが、どの店舗のスタッフも渡会さんが合格を出すまでは、お客さまの髪にはさみを入れさせてもらえない。

その厳しさは採用の際にしっかりと説明されるはずだけれど、あこがれの美容室で働きたいという気持ちばかり先走って、挫折する人が多すぎる。

練習用のウィッグ相手に盛大なため息をつく彼女は、あからさまに不貞腐れてしまった。

「練習あるのみだぞ。俺も田崎も、ここから始まったんだ」

不穏な空気を察知した渡会さんが近づいてきて、山田さんに声をかける。

「……はい」

山田さんは、渋々という感じで返事をして、再び手を動かし始めた。

練習の指導が終わると、すでに時計は二十時半を指している。

「お疲れさまでした」

私は片付けを手早く済ませて、帰宅の途に就いた。七月下旬の夜は、空気が生ぬるくて少し不快だ。

「京香」

「お疲れ」

追いかけてきたのは、同期のスタイリスト、片野友奈だった。レッドブラウンのショートカットは、明るい友奈をイメージして私が施術したもので、彼女はとても気に入っているのだとか。

私は、チョコブラウンのロングヘア。ほどよくレイヤーを入れて軽くパーマをかけてあるので、アレンジしやすくて助かっている。これは友奈が整えてくれた。

私は高校を中退して、渡会さんが立ち上げたばかりのアクアで雑用をしながら夜間の専門学校に通い美容師になった。

一方、友奈は高校卒業後、昼間の専門学校に通ってアクアに就職。それぞれ通ってきた過程は違うけれど歳が同じせいもあってか気が合い、切磋琢磨できる親友だ。

「今日も大変だったー。山田さん、イライラだったね」

隣で別のアシスタントを指導していた彼女は、私たちのやり取りを見ていたらしい。

「うん。お客さまの前であんな顔されたら困るよね……。シャンプーも、力が入りすぎてるから痛くって。何回か注意してみたんだけど、直す気がないんだよね。どうしたものか」

このままではシャンプーですら任せられない。

「プライド高そうだもんね、彼女。でも、生駒さんが来たら、目がハートになってたよ。芸能人に会うために、アクアに就職したのかしら」

まれにそういう人はいるが、仕事の過酷さに悲鳴をあげて、早々に辞めていく。彼女もそうならないことを祈りたい。

「生駒さん、ずっと京香のこと見てたね」

「……やっぱり、そうかな」

シャンプーは私が担当したのだが、あれこれ注文をつけられて長くかかったし、渡会さんのカット中も、彼は鏡を通してアシスタント業務にいそしむ私を見ていた。

友奈には以前電話番号を渡されたことを明かしてあるので、気にしているのだ。

「彼に全然興味はないの？」

「うん、ない」

あまりにはっきり言ったからか、友奈は噴き出した。

「あーあ。芸能界のモテ男でも、京香は高根の花か。ねえ、京香。生駒さんは置いておいて、本当にこのままでいいの？　一生恋しないつもり？」

友奈の質問に、視線が泳ぐ。

恋をしたくないわけではないけれど、できないのだ。――あの人を、忘れられないから。

「うーん、どうかな？　それより、友奈よ。彼、どうした？」

私は無理やり話を変えた。

実は彼女は、半年ほど付き合った彼氏と別れたばかりなのだ。

「それがさぁ、あきらめてくれないの。メッセージブロックして、電話を着信拒否したら、マンションの前で待ち伏せされて」

「えっ、怖っ。それで？」

「なんとか追い返したんだけど、引っ越そうかな」

最初は優しかった元彼は、気に入らないことがあると友奈に手を上げるようになったんだとか。挙げ句、たばこを腕に押しつけられそうになって、友奈から別れを切り出したのだ。

あっさり引くかと思いきや、別れを告げてから二カ月経った今も、付きまとわれているらしい。

「そのほうがいいかも。なんかあってからじゃ、遅いもん」

「ろくでもない男、釣っちゃった。次は慎重に行く」

三十歳を目前にすると、同級生はすでに結婚している人も多い。友奈は結婚を急いでいるわけではないけれど、素敵なパートナーは欲しいといつもこぼす。ただ私は、どうしても恋に積極的になれないでいる。

いつまでも彼を想っていても、きっともう会うことすらないのに。

わかっていても、心がうまく前を向かない。それくらい彼は、私の心を占領したのだ。

私は自動販売機でアイスティを二本買い、一本を友奈に渡した。

「友奈の新しい未来に、乾杯！」

「ありがと。京香の未来にも期待して、乾杯」

ペットボトルをこつんと合わせて笑い合った私たちは、それぞれアイスティを喉に送った。

友奈と別れて電車に乗り込むと、急に寂しくなる。

ドアの前に立つと、窓に映った自分の浮かない顔にハッとして、無理やり口角を上げた。

スマイル、スマイル。

笑顔は接客業の要だ。たとえ生駒さんに向けたようなぎこちない笑顔だったとしても、沈んだ顔よりずっといい。

大丈夫。私には仕事がある。

ようやく渡会さんから、カットは文句なしとお墨付きをもらえるようになった。美容師としていつか自分の店を持てるくらい頑張らなくては。

私は気持ちを切り替えた。


それから一週間後の昼下がり。

仕事が休みの今日は、クーラーの効いた部屋でベッドに寝そべり、ファッション誌を読んでいた。トレンドを知るために雑誌を読むのも勉強なのだ。

「冬のトレンドカラーは、ベージュとレッドとイエローか。イエローは難しそう……」

職場での服装は自由だけれど、トレンドに敏感でないと店の品格が落ちる。野暮ったい洋服を纏った美容師に髪を切ってもらいたいと思わないからだ。

アクアは、洋服を買うための補助も出る雇用環境のよい職場なので、毎月それなりにそろえている。清潔感が一番大事で、その次は動きやすさなのだが、ワンポイントでトレンドカラーを取り入れるなどの工夫はしている。

まだ夏真っ盛りだけれど、そろそろ秋冬物が並び始める頃だ。

「買い物に行くか」

遅めのランチを兼ねて出かけようと準備を始めたそのとき、店から電話が入った。

「もしもし」

『休みのところ、ごめん』

電話の相手は渡会さんだ。

「いえ、どうかされましたか？」

『片野、昼から出勤のはずなんだけど来なくて。電話にも出ないし、メッセージも既読がつかないんだ。なんか知らないかと思って』

友奈と仲がいいことを知っているので、電話をかけてきたに違いない。

「いえ、なにも。友奈が無断で休むなんて、気になりますね」

『そうなんだよ。初めてだから、ちょっと心配で』

「私、家に行ってみます」

『そうしてもらえると助かる。俺、予約がいっぱいで動けないんだ。休みなのにごめんな』

渡会さんは申し訳なさそうに謝るけれど、親友のことなのだから、私も気になる。

「暇してましたから、お気になさらず。なにかわかったら連絡しますね」

『頼んだ』

私は電話を切るとすぐに、マンションを飛び出した。

友奈の住むマンションは、私の家から電車を乗り継いで四十分ほど。彼女は東京にほど近い千葉県に住んでいる。

移動の間にメッセージを入れたものの、やはり既読がつかず、心配が募っていく。

友奈はとてもまじめな性格で、仕事に穴をあけたことは一度もない。担当するお客さまも多く、今日も予約が入っているはずだ。

責任感の強い彼女が無断欠勤するとは考えづらく、もしや病気などの不測の事態で倒れているのではと、はらはらしていた。

ひときわ暑い今年の夏は熱中症も多く、室内でも倒れる人がいると聞いた。さすがにクーラーは使っているだろうけれど、ひとり暮らしなのでなにかあっても助けを求められない。

まさか……元彼となんかあった?

先日、元彼の話を聞いたばかりで気が気でない。

電車を降りて駅を出ると、足は自然と速まった。

友奈のマンションは駅から徒歩十分。近づいていくにつれ、焦げ臭いようなにおいが漂ってきて、顔が険しくなる。ふと空を見上げると、真っ黒い煙が風に流されて空に広がっていく。においの正体はこれだ。

消防車のサイレンの音がけたたましく響き渡り、近くで火事があったのだとわかった。

「火事だ！」

あちこちから緊迫した声が聞こえてきて足が止まった。煙を目でたどると、友奈のマンションの方角から来ていて、緊張が走る。

「違うよね……」

まさかと思いながら、走りに走った。

しばらく行くと、ほかの建物の間から友奈が住むマンションが姿を現した。

「嘘……」

燃えているのは友奈のマンションのようだ。五階建てのマンションの三階部分から火が噴き出しており、激しく煙が上がっている。

しかも一番激しく燃えているあたりに友奈が借りている部屋があるので、顔が引きつった。

さらに足を速めると、三台の消防車からホースを持ち出した消防隊員が消火活動を始めている。

あたりには野次馬の壁ができており、大勢の人をかき分けてマンションに近づいていった。

「なにこれ……」

私はショックのあまり、頭を抱えた。

マンションから住民だと思われる人が着の身着のままで飛び出してくる。中には靴を履いていない人もいて、その焦りが見て取れた。

住民に交じって、けが人を抱きかかえるレスキュー隊員も出てくる。レスキュー隊員はブルーシートにけが人を座らせて、再びマンション内に戻っていった。

「友奈！　友奈、どこ？」

周囲を見回しながら友奈の名を叫んだけれど、彼女の姿は見当たらない。

まだ中にいるの？　助けなくちゃ。

とっさにそう考えたものの、友奈が家にいたかどうかもわからない。

自力で走り出てくる住民に中の様子を尋ねようにも取り乱しており、とてもそんな状況ではなかった。

避難の途中で転んだのか膝をすりむいている人がいる。それどころか、顔をすすで真っ黒にしている人までいて、緊張が高まっていく。

「友奈……」

人の波に逆らうように、エントランスへと向かう。嫌なにおいが鼻を刺激してくるも、足を止められなかった。

「どこに行くんだ」

しかし、マンション内に入ろうとしたところで、中から走り出てきた住人らしき男性ふたりに捕まり動けなくなる。

「友奈が……友達がいるの。助けなくちゃ」

「無理だ。素人にどうにかできる状態じゃない」

「そんな……」

渾身(こんしん)の力を振り絞りふたりを振り払おうとしたけれどできず、あっさりエントランスから遠ざけられてしまった。

そのまま男性に引きずられるようにして、駐車場まで連れていかれる。

「友奈！」

「気持ちはわかるけど、あとはレスキューに任せよう。あなたが行っても、どうにもならない」

無念の表情で語る三十代後半の男性は、唇を噛みしめる。

もうひとりの五十代くらいの眼鏡の男性が、燃え盛るマンションに視線を移し、顔をしかめて口を開いた。

「友達が部屋にいなかったことを祈ろう」

その言葉を聞いた瞬間、恐怖と混乱で立っていられなくなり、その場に座り込んだ。

「電話……」

ふと我に返った私は、バッグからスマホを取り出して友奈に電話をかける。しかし、無情にも留守番電話に代わってしまいつながらない。メッセージも相変わらず既読がつかず、絶望が広がっていく。

「あっ、仕事……。仕事に行ったのよね」

きっと私と入れ違いにアクアに向かい、仕事を始めたため対応できないだけだ。そう自分に言い聞かせて落ち着こうとする。

友奈の無事を確認するために震える手で店に電話をかけたが、電話に出た山田さんから『まだ来ていません』という返事があり、頭が真っ白になった。

直後、渡会さんが電話口に出てくれたものの、すでに涙があふれていて、うまく話せない。

「ゆ……友奈……友奈のマンション――」

『落ち着け、どうした？』

「燃えて……。友奈の部屋が燃え……」

『火事なのか？　予約をキャンセルしてすぐに向かう。田崎、片野はきっと無事だ。俺が行くまで絶対に危険なことはするな。いいな？』

渡会さんは私にそう言い聞かせたあと、電話を切った。

「どうしよう……」

焦りと混乱で、なにをしたらいいのかすらわからない。ただ涙がこぼれてきて止まらなくなった。

こんな苦しい経験、二度としたくなかったのに。

続々と消防車と救急車が到着し、たくさんの人が入り乱れ始める。

警察が野次馬を遠ざけ、一台の救急車がけが人を乗せて走り去った直後、別の救急車が到着した。

「けがをされている方、いらっしゃいますか？」

救急隊員が避難してきた人たちに呼びかけていると、指令車が到着して、中から濃紺のつなぎを纏った男性が大きなバッグを持って駆け出てくる。

「こちらです」

「了解」

　あっという間に走り去った背の高い男性の背中には〝DOCTOR〟と記されていた。どうやら医師のようだ。

「お願い、助けて……。友奈……」

　私はいつまで経っても鳴らないスマホを握りしめ、友奈の無事を必死に祈った。

　なにもできずに、警察が張った規制線の最前列で呆然と救助活動を見ていると、マンション内からけが人が次々と運び出されてくる。

　すると先ほどの男性医師が、てきぱきと診察をしていく。ほかには、もうひとりの男性医師と、〝NURSE〟と記されたつなぎを纏う女性看護師が必死に処置を施している。

　けれどその間にもどんどんけが人が増えてきて、最初に駆けつけた男性医師が看護師に指示を出した。

「トリアージする。タッグを」

看護師から紙のタッグを受け取った彼は、患者の右手首につけていった。

「話はできますか？　どこが痛いですか？」

彼が顔をしかめて座り込む初老の女性に大きな声で話しかけると、涙目の女性は両手の手のひらをドクターに向けて口を開く。

「逃げるときに転んで、ガラスで」

「切れていますね。ほかに痛いところは？」

「痛い。手が痛い」

「落ち着いてください。処置しますから、もう少し我慢して」

医師は、女性に緑のタッグをつけて、次の患者に移っていく。左足に軽い火傷が見られるその男性にも緑のタッグをつけた。

ヘルメットをかぶり、顔にはマスク。医師の表情をうかがい知ることはできないけれど、これほどのけが人があふれているのに取り乱すことなく冷静だった。

運び出される住民が減ってきたのに、一向に友奈の姿を見つけられず、焦りばかりが募っていく。

次に担架に乗せられて出てきたのは、小柄な女性のようだ。スカートが見えた。

「友奈？」

その女性は全身をすすで真っ黒にしてはいたけれど、ちらりと見えたレッドブラウンの髪は友奈で間違いない。

「友奈！」

私は規制線をかいくぐり、彼女のもとに駆けつけた。友奈は目を閉じてはいたが、かすかに指が動いたので安堵した。

「お知り合いですか？」

「友人です」

「ドクターがすぐに診察してくれます。もう少し踏ん張って」

レスキュー隊員に声をかけられた友奈が顔をしかめながらうなずく。友奈をシートの上に寝かせたレスキュー隊員は、再びマンション内に戻っていった。

「友奈、無事でよかった……」

といっても、彼女の左腕はひどい火傷を負っており、とても凝視できない。脚にも深い傷があり、目を覆いたくなるようなありさまだった。

「岳が……」

友奈が小声で話し始めたので、口元に耳を持っていく。岳とは、彼女の元彼の名前だ。

「どうしたの?」

「たばこの火……」

そこまで口にした友奈は傷が痛むようで、眉間に深いしわを刻んで、再び目を閉じてしまった。

それからすぐに、タッグをつけていた医師が駆け寄ってきて、友奈を診てくれる。

私は看護師に場所を明け渡し、診察の様子を見守った。

「痛みますか?」

医師が左腕に触れて尋ねる間に、看護師が脈をとっている。

顔をゆがめて涙をこぼす友奈が小さくうなずくと、今度は脚の傷を確認した。

「ほかに痛いところは? 声、出ますか?」

「……痛……」

「腕が痛いんですね」

「先生」

タッグに脈拍を書き込んだ看護師がそれを医師に見せると、医師は黄色のタッグを友奈につけて、一旦離れていく。

「友奈、頑張るのよ。もうすぐ治療してもらえるからね。お願い、頑張って」

私は友奈がどうなってしまうのかという恐怖に陥り、冷静ではいられない。

多重衝突事故に巻き込まれ、つぶれた車体に挟まれて身動きが取れなくなっていた父の姿がフラッシュバックしてくる。現場で父に治療を施していた医師がその手を止めた光景を否応なしに思い出し、友奈もそうなってしまったら……と体の震えが止まらない。あの瞬間、父は旅立ってしまったからだ。

もう二度と誰かが理不尽な命の落とし方をするのを見たくなかった。

今度は大柄の男性が運ばれてきた。彼は顔をすすで黒く染めており、火災現場の壮絶さを感じさせた。

医師はシートに寝かされた男性の診察を始める。

「話せますか？」

医師が尋ねるも、男性は浅く速い呼吸を繰り返すだけで返事をしない。

「触っているの、わかりますか？　わかったら手を握って」

ひどい火傷を負っている左脇腹付近に医師が触れたのに、無反応だった。男性は脇腹だけでなく、全身に火傷を負っているようだ。

医師は即座に赤いタッグをつける。

「気道損傷がある。狭窄（きょうさく）する前に挿管する」

どうやら重症のようだ。

医師は看護師とともに、その男性の気道確保をした。難しそうな処置なのにあっという間で、医師としての腕の高さに驚きながら、この先生なら友奈を助けてくれると希望が湧いた。

けれど……処置のときにすが取れた男性の顔を見て、目を瞠る。友奈の元彼——野上おそらくこの火事の原因を作ったであろうその人だったのだ。

「担架持ってきて！　まずこの人をヘリに乗せる。これだけの範囲の熱傷だと、ヘリしか対応できない」

ヘリと聞いて、つなぎを纏ったこの人がフライトドクターなのだとわかった。両親の事故のときも、フライトドクターが駆けつけてくれたのだ。残念ながら、手の施しようがなかったのだけれど。

「待って、友奈は？」

友奈が置いていかれると焦って尋ねると、処置を続ける医師の代わりに看護師が口を開く。

「もう一台救急車を回してもらいます。近隣の病院で処置してもらえますから、大丈夫ですよ」

看護師は私を励ますように言った。けれど、火事を起こした人を優先して、巻き込まれた人が我慢を強いられるなんて……と、激しい憤りが募っていく。

「彼女をヘリで運んでください」

そう訴えると、治療の手を止めない医師は、私を見もせずに口を開いた。

「重症者が優先だ」

「なんで？　友奈も重症でしょう？　それに、その人は友奈に暴力を……。この火事だって、その人のたばこのせいなのに」

友奈を苦しめ、火事の原因を作った人間を優先するなんてありえないという気持ちが抑えられなくなり声を荒らげるも、医師は返事すらしない。

そのうち、救急隊員が駆けつけてきて、元彼を担架に乗せようとする。

「友奈を運んで！」

「今は彼の治療が最優先だ」

「そんなのあんまりよ。人でなし！」

苦しそうに唸（うな）る友奈を前に、両親が亡くなったときの光景が頭をよぎり、死んでしまうのではないかと動揺が止まらない私は、強い言葉を口にしていた。しかし医師は、こちらを見ることもなく黙々と元彼の処置を続けている。

「落ち着いて。話は臨海総合医療センターの救命救急でいつでも聞く」

そして淡々と言い放ち、救急車に乗り込んで行ってしまった。

「お友達ですか？　付き添いますか？」

「はい」

救急隊から声をかけられてうなずく。

友奈も担架に乗せられ、救急車への搬送が始まった。気がつけば周囲には医師らしき人が増えており、応援が駆けつけているのだとわかる。

友奈より元彼が優先されたことが腑に落ちないまま、私は救急車に乗り込んだ。

火災現場から救急車で十五分ほどの総合病院の救命救急センターの待合室で、ひたすら友奈の無事を祈っていると、連絡してあった渡会さんが駆けつけてくれた。

「田崎！」

「……渡会さん」

彼の顔を見た瞬間、涙がとめどなくあふれてきて止まらなくなる。

「片野は？」

「左腕にひどい火傷を負っていて、今処置を。あの人……あの人より友奈の治療はあと回しだって……。友奈が死んじゃったらどうしよう」

友奈の命がついえてしまったらと怖くてたまらない。

興奮のあまり、呼吸が荒くなる。すると渡会さんは私を落ち着かせるように、肩をトントンと叩(たた)いてから口を開いた。

「誰があと回しだと言った？　あの人って？」

「ドクターが……。友奈の元彼が先だって」

「元彼？　そうか。きっともっと重症だった――」

「だって、あの人のせいで火事が起こったんです」

むきになって声を荒らげると、渡会さんは驚いた様子で目を丸くする。

ベンチに座るように促された私は、友奈から聞いたことの顛末(てんまつ)を打ち明けた。

「そうだったのか。片野の部屋から火が……。片野はきっと大丈夫だ。話ができたんだろう？」

たしかに、受け答えはできた。救急車の中でも苦しそうではあったけれど、救急隊員に痛い箇所を訴えていた。

「片野さんの付き添いの方」

処置室のドアが開いて、看護師が私を探しているのが見える。

「はい」

「俺も行く」

渡会さんと一緒に処置室に入ると、腕と脚を包帯で巻かれた友奈がベッドに横たわっており、その痛々しさに胸が痛む。しかし、次の瞬間目がしっかりと合い、安堵のため息が漏れた。

「友奈……」

「心配かけてごめん」

ベッドの横に駆け寄ると、友奈の声がはっきり聞けてようやく安心した。

「左腕の火傷がひどいので入院になります。多少傷痕(あと)は残るかもしれませんが、腕の機能には問題ありませんし、できる限りきれいに治せるように処置していきます。ほかは避難するときに転んでできた切り傷がありますが、こちらはすぐによくなりますし、脳や内臓に異常は見られません」

眼鏡をかけた五十代くらいの優しそうな男性の医師が、丁寧に説明をしてくれた。

「よかっ……よかった」

気が緩んで座り込みそうになり、渡会さんに支えられる。

「片野。店は心配いらないから、ゆっくり治せ」

渡会さんが友奈に声をかけると、彼女は「すみません」と言いながらも、力強くうなずいた。

病棟に上がったあとほどなくして友奈の両親が駆けつけてきたので、あとは任せることにした。

渡会さんと一緒に病院を出て空を見上げると、月が清らかな光を放っており、昼間の喧騒が嘘だったかのようにあたりは静まり返っている。

ホッとしたのもあり、ようやく冷静さが戻ってきた。

「今日は大変だったな」

「いえ。渡会さんこそ、予約は大丈夫でしたか？」

「大切な従業員のいち大事だ。お客さまも理解してくれたから、問題ない」

彼は優しい。きっと、友奈が気にしなくて済むようにそう言っているのだ。

あのフライトドクターも、このくらい気遣ってくれたら……と考えたけれど、傷だらけの友奈に父や母の姿を重ねて、彼女が死んでしまうのではないかとパニックに陥り、気遣えなかったのは私のほうだと本当は薄々気づいている。

「片野は、けがの治療はもちろんつらいだろうけど、仕事ができない焦りもあるはず。できれば支えてやってくれないか？ 俺より田崎のほうがいい気がするんだ」

「もちろんです。実は私、彼女の元彼に会ったことがあって。そのときは人当たりのいい人だと思ったんですけど、友奈に手を上げると知って、すぐに別れるように言ったんです」

「それで別れたのに、まだ付きまとわれていたということか？」

「はい。マンションに押しかけてくると聞いて、引っ越ししたほうがいいと話していたところで。こんなことになるなら、私のアパートに避難させておけばよかった」

友奈に話を聞いたとき、すぐ行動に移せばよかったと後悔ばかりが頭をよぎる。

「異常な事態だ。自分を責めるな。片野の今後はゆっくり考えよう。俺はいつまでも、回復して復帰してくるのを待ってるつもりだ」

「ありがとうございます」

腕の機能に問題はないと医師が話していたけれど、あのけがでは復帰まで時間がかかるだろう。

「ひとりで帰れるか？　疲れているなら、明日は休んでも――」

「いえ、大丈夫です。友奈の分も頑張らなくちゃ。渡会さん、逆方向でしたね。それではここで。お疲れさまでした」

渡会さんにあいさつをして、駅へと向かった。

やっとのことで家に帰ると、ベッドに座り込んでしばらく放心してしまった。

目の前で腕から血を流し苦しむ親友の姿を見て、また大切な人を失うのかという強い恐怖で頭が真っ白になった。

その後、元彼の姿を見て怒りがこみ上げ、あのフライトドクターにとんでもない暴言を吐いた。

友奈より元彼を優先されて、あのときは頭に血が上ったけれど、自力での呼吸が難しそうな元彼のほうがたしかに重症だった。医師としては、きっと正しい判断だったはずだ。

元彼への怒りは置いておいて、必死に処置を続ける医師に『人でなし』とまで言ってしまったのは、反省しなければならない。

両親を亡くしたときの、言葉に言い表せない悲しみと、絶望の沼に引きずり込まれるような苦しみがフラッシュバックして、激しく取り乱した自覚はあるのだ。

「臨海総合医療センター……」

たしか彼はそう話していた。

謝罪に行くべきかもしれない。

救急車に乗って現場を離れてから、ほかの人たちがどうなったか知らない。しかし、あの混乱の中で、最初にいたあの人ともうひとりの医師、そして看護師の的確な判断と処置がなければ、もっと大変な事態になっていた可能性もある。

私は自分の未熟さにあきれながら、お風呂の準備を始めた。


ずっと気になっていた臨海総合医療センターに足を向けたのは、火事から六日目のこと。

友奈の状態は落ち着いており、近々退院して実家からの通院治療に変わるようだ。

彼女のお見舞いに行き、『京香が来てくれて本当に心強かった』とお礼を言われるたびに、人でなし発言への反省が膨らんでいき、やはり謝罪しなければと思った。

千葉県でも東京都寄りにある大きな病院の敷地内には、立派なヘリポートが見える。

ドクターヘリも駐機しており、お母さんと一緒に見学に来ただろう小さな男の子が、満面の笑みを浮かべて興奮気味にヘリを指さしていた。

あこがれを募らせて、彼がいつかフライトドクターになったら素敵だ。医師の勤務はなかなか過酷だという話も聞くが、人の命を救う素晴らしい仕事だと思う。

「ああ……」

そんなことを考えていたら、ますます罪悪感に襲われた。私は、その過酷な現場を担当する医師の最たる存在のようなフライトドクターに『人でなし』と言い放った、まさに人でなしなのだから。

「許してもらえるかな……」

許してもらえずとも、とにかく謝らなければ。

あのフライトドクターの見立て通り、友奈の命に別状はなかった。火傷で皮膚がひどくただれているのを見て、口を挟んだ私が悪いのだから。

彼がいるかどうかはわからなかったが、名前も知らず顔もまともに見ていないので、アポイントの取りようがなく、本人がいなければまた出直すつもりだ。

受付で事情を話すと、火事の日の勤務日誌を調べてくれた。そして、あの現場でトリアージを担当した医師が今日は救命救急外来を担当しているということで呼び出してもらい、緊張しながら待った。

受付の奥から出てきたのは、身長が百八十センチは超えているだろう、スタイルのいい男性医師だ。

「嘘……」

髪は長くなり、顎が少しシャープになった気もするけれど、長いまつ毛の奥の優しい目を見て心臓が止まりそうになる。

驚きのあまり言葉をなくしたのは、私だけではなかった。先日のフライトスーツとは違う濃紺のスクラブ姿の彼もまた、切れ長の目を大きく見開いている。

「あっ、あの……。先日、マンションの火災現場でひどいことを口走りました。申し訳ありませんでした」

しばしの沈黙のあと我に返った私は、ここを訪ねた理由を思い出して、深々と頭を下げた。

「ああ、いや……気にしないで」

あの頃と変わりない澄んだ声が耳に届いて、鼓動が勢いを増す。

つい先ほどまで罵倒される覚悟だったのに、気のない返事で拍子抜けしたくらいだった。それなのに、こんなに胸が苦しいのは……彼が、私の心を占領し続けている、ひとつ年上の幼なじみ――綾瀬海里くんだったからだ。火事のときは、ヘルメットをかぶりマスクをしていたため、彼だと気づけなかった。

隣に住んでいた彼とは幼い頃からいつも一緒で、まるで兄のように私の面倒を見てくれた。私はそんな彼が大好きだった。

「本当に申し訳ありませんでした。それでは」

まともに視線も合わせずに立ち去ろうとすると、不意に腕をつかまれて心臓が跳ねる。

「待って。わざわざ謝罪に来てくれたんだよね。俺、休憩中だから玄関まで送る」

「いえ、そんな――」

「行こう」

断ろうとしたのに、彼は私の腕を力強く引いて歩きだした。

「それ、もしかして手土産？」

彼は私が握りしめる菓子折りの袋に視線を送って尋ねてくる。

「あ……。そう、です。お渡しするのを忘れてました」

海里くんだとわかっていたら、別の物にしたのに。

そう思いながら差し出したのは、『千歳（ちとせ）』という和菓子屋のおまんじゅうだ。

あれは六歳の誕生日。あんこ好きだった私に、彼が両親に頼んで千歳の練り切りを買ってプレゼントしてくれた。

それ以来私の大好物になり、千歳のおまんじゅうや練り切りを買ってもらっては、ふたりで頬張ったものだ。

海里くんは菓子折りを受け取ると、「千歳だ」とつぶやいている。覚えていてくれたのがうれしいのに、頭が真っ白になってうつむいた。

「手土産渡さずに帰るとか、てんぱりすぎ。まあ俺も……」

誰もいない廊下で足を止めた彼は、私と向き合い、熱いまなざしを注いでくる。

「俺も、どんな現場より驚いたけどね。また会えるなんて」

彼は感慨深げにそう言うけれど、どう返したら正解なのだろう。

「結婚はまだなんだ」

私の左手にちらりと視線を送った彼は、安心したように短い息を吐き出した。

それは、どういう意味なの?

「あたり前で……。ううん、なんでもない」

私は海里くんだけを想い続けてきたのだから。未練がましいと言われようが、あなただけが欲しかったの。

そう叫びたくなる衝動を抑えて、唇を噛みしめた。

すると彼は、優しい笑みを浮かべて口を開く。

「京香」

あの頃と変わらない張りのある声で名前を呼ばれて、息苦しいほどに鼓動が速まっていく。

「ずっと捜してたんだ。連絡先、教えて」

「なんで？」

「なんでって。知りたいから」

海里くんはくすくす笑っている。

彼とこうして再会できたのが飛び上がるほどうれしい反面、どう接したらいいのかわからず、瞬き（まばた）を繰り返す。

私はこれほど動揺しているのに、彼はどうしてこんなに余裕があるのか不思議でたまらない。

「俺、誰かに人でなしと叫ばれて、すごく傷ついたんだよね。和菓子くらいでは許せないっていうか……」

彼は小さなため息を落とした。

謝罪したときは、怒っている様子なんて微塵もなかったのに。近くに受付クラークもいたので、猫をかぶっていたのだろうか。でも、海里くんはそんな人ではないような。

「本当に、申し訳ありません」

海里くんに再会して、謝罪の気持ちより驚きのほうが大きくなっている。誠意が足りなかったのだと、もう一度頭を下げた。

そのとき、海里くんのポケットから、電話の着信音が聞こえてきた。

「はい、綾瀬。……了解、すぐ行く」

どうやら呼び出しのようだ。

一刻も早く立ち去るべきだという気持ちがある反面、これで最後だと少し寂しくなりながら、軽く会釈をして離れようとすると、手首をがっちりつかまれてしまった。

「どこ行くんだ」

「どこって……。海里くん、行かないといけないでしょう?」

「そう。ドクターヘリ要請があったから、処置室の手が足りないって。だから、早く」

胸ポケットからボールペンを取り出した彼が私にそれを渡すので、首を傾げる。

「早くって?」

「ここでいいから、電話番号」

「はっ?」

海里くんは自分の手の甲を私に向けて、トントンと叩く。

「俺のこと傷つけたんだから、ちゃんと償って。ほら、早く行かないと救急車入るかもしれないから」

「えぇっ……」

強引さに負けた私は、スマホの電話番号を記した。すると今度は彼が私の手の甲に、自分の番号を書き始める。

「連絡するから。……元気でよかった」

彼は優しい笑みを浮かべたあと、私の手を一度強く握ってから走り去った。

「なんでこんな……」

無礼を謝りに来ただけなのに、どうしてこんなことになっているのだろう。

私は手の甲に残った海里くんの電話番号を見つめたまま、しばらく動けなかった。

運命があるとすれば　Ｓｉｄｅ海里

臨海総合医療センターの救命救急科でフライトドクターになってから、はや三年近く。もともと東京の野上総合病院の救急医として働いていたが、フライトドクターの仕事に興味があり、千葉県にあるこの病院に移ったのだ。

野上は、他院では治療が難しい患者を積極的に受け入れる三次救急の病院で、多くの困難な症例を経験できた。おかげでかなり力がついたと思う。そうした経験があっても、フライトドクターの仕事はいつも緊張を伴う。現場に着くまで傷病者の状態がわからないことのほうが多いからだ。

六日前の火災現場への出動は、なかなか過酷だった。けが人が多数予測されることから消防から出動要請があったのだが、最初に駆けつけた俺と、ひとつ後輩のドクターの安西、そしてフライトナースだけでは到底さばけないほどの人数だった。

そのため、ヘリを一旦病院に戻して、待機要員となっていたドクターふたりとナースひとりを追加し、処置を続けた。

　気道損傷で気道閉塞があり、重度熱傷を負っていた男性患者が一刻を争うと判断した俺は、ヘリで野上に運ぶ決断を下した。野上で切磋琢磨していた同期の救急医、天沢が、熱傷に関しての知識や経験が豊富で、かつ設備も整っているため、野上なら救命できると踏んだのだ。

　しかし、熱傷がひどく重傷ではあるが、すぐの命の危険はないと黄色のタッグをつけた女性患者に付き添っていた友人から、強く抗議された。

　重症の男性がこの火事の原因を作ったような話をしていたものの、医師としてはひとつでも多くの命を救うのが使命だ。

　友人を心配して取り乱す彼女の気持ちは痛いほどわかったが、俺は抗議を却下して男性を救急車に乗せ、ヘリが待機するランデブーポイント――あらかじめ決められている場外離着陸場に向かった。


　真夏の太陽がぎらぎらと照りつけてくる真夏日のその日。俺はフライト業務ではなく、救命救急科での処置を担当していた。

　臨海総合医療センターにはフライトドクターが八人おり、基本的に、ヘリに乗る当番はふたりでひと組。ただし、出動要請が重なると、ドクターをランデブーポイントに運んだヘリが一旦戻ってきて、待機しているドクターをさらに別の要請先へとつなぐケースもある。そのため、毎日最低でも四名は勤務している。

とはいえあくまで救命救急科の所属で、フライト業務がない日や夜間の勤務は、ほかの医師と同じように病院内で働いているのだ。

午前中は、多重衝突事故の現場からヘリで運ばれてきた患者の処置に明け暮れたが、無事に一命を取り留め、昼休憩に入った。

救命救急科でまとめて注文してあった弁当を休憩室で広げると、ドクターヘリチームで最も頼れる四十代前半の師長がやってきて、自分も飲むからとお茶を出してくれる。

「すみません。ありがとうございます」

「いえいえ。手が空いている隙にお茶でも飲んでおこうと思って。……先生、毎日出来合いものばかりでは、栄養が偏りますよ。お弁当を作ってくれるような人はいないんですか？」

彼女は俺の幕の内弁当を覗きながら言う。

愛妻弁当を自慢するドクターもいるので、仕事ばかりの俺を心配してくれているらしい。

「うーん、難しい質問ですね」

「あの方は？　ほら、時々差し入れに来る」

「彼女はそういう関係ではありません」

あまりにきっぱり断言したからか、師長は目を丸くしている。

「あら、余計なことを聞いたかしら。ごめんなさい」

「いえ。彼女は幼なじみの親戚というか……。ただそれだけなんです」

俺にとってはそれだけだが、彼女、吉武恵麻（よしたけえま）さんは、俺に特別な感情を持っている。

告白されたこともあるけれど、俺にはずっと心に想う人がいて断ったのだ。

それなのに彼女はめげずに月に一度はここに顔を出し、スタッフに焼き菓子などを置いていくので、正直困っている。

「そうですか。先生なら、すぐにでもいい人が見つかりそうだけどね。私は仕事に没頭しすぎて婚期を逃しちゃったから。でも、一度は結婚しておくべきだったかなと思ってるのよ」

フライトナースになるのはかなりの狭き門。一般病棟での対応があたり前にできて、そのうえで救命救急でも経験を積み、その中でも選ばれた人しかなれない。

現場では医師と同じレベルの判断力と知識を要求されることもしばしばなので、生半可な気持ちではできないのだ。

　師長は、私生活を犠牲にしてきたという後悔があるようだ。そのおかげで、着任したばかりの医師よりずっと役に立つほどの力があるのだけれど。

「まだこれからですよ」

「嫌だ。期待させないでくださいよ」

　師長はくすくす笑うが、何事も真摯に取り組む素敵な女性だと思う。

「綾瀬先生、どちらですか？」

「休憩室だ」

　俺を捜している声がして返事をする。

　救急車が入るのだろうと思い、まだひと口も食べていない弁当の蓋を閉めると、ナースが顔を出した。

「患者？」

「いえ。野上総合病院の天沢先生からお電話が入っています」

「天沢？　ここに転送して」

「わかりました」

　天沢は、もともと形成外科の専攻医をしていたが救命救急に抜擢された優秀なドクターだ。熱傷の処置や血管をつなぐなど細かいオペを得意としている。

彼とは一年半ともに働き、今でも重度熱傷の患者を搬送して任せることがしばしばあり、先週の火事の患者もそのうちのひとり。その患者についてかもしれない。

電話が転送されると、師長は気を利かせたのか出ていった。

「もしもし」

『天沢です。久しぶり……でもないな』

先日搬送した際に引き継ぎをしたので、顔は合わせている。しかし、こうして電話で話すのは久しぶりだ。

「たしかにそうだな。あの患者のことか？」

『そうだ。一応命の危機は脱して、今は落ち着いてる。熱傷の範囲が広いから、これから何度も皮膚移植することになる。まだ先は長い』

俺は受話器を耳にかざしながら深くうなずいた。

体の左側の広範囲に深い熱傷が見られたため、自身の健常な皮膚を採皮したあと引き伸ばして移植する手術を繰り返すことになるはずだ。

重度熱傷は患部の治療だけでなく輸液管理や感染症対策も重要で、いくら腕のいい医師が担当しても、治療がスムーズに進む保証はどこにもない。

『……実は、お前がちらっと話してたことが本当だったらしくて』

「そう、か」

搬送の際、あの患者のたばこの不始末で火事が起こったと聞いたと、一応耳打ちしておいたのだ。

『まだ本人が証言できないからなんとも言えないんだけど、隣の部屋の人が彼女らしき女性に手を上げるところを目撃していると、警察から聞いた』

ドメスティックバイオレンスの被害に遭い、刺された患者を搬送した経験もあるが、痴情のもつれというのは厄介なものだ。

『火事の日も無理やり部屋に押し入ったようで、彼女はトイレに鍵をかけて立てこもって、逃げるチャンスをうかがっていたそうだ。転寝した男のたばこの火の不始末で火事が起こったと警察は見ている』

「それが事実なら、ろくでもない男だな。何人けがをしたと思ってるんだ」

こんなことを天沢に言っても仕方がないが、やりきれない。幸い死者は出なかったものの、現場に戻って二度目にヘリで運んだ患者は、一酸化炭素中毒で危険な状態だった。

『その通りだ。ただ、俺たちは黙々と治療するしかない』

それもまたその通り。俺たち医療従事者に、目の前の患者を助けないという選択肢はない。

俺はふと、ヘリでの搬送のときに俺に突っかかってきた女性を思い出した。『人でなし』とまで言われて少々腹は立ったが、彼女の悔しさは理解できる。

トリアージで、回復の見込みがなく搬送の対象とはならないという意味の黒のタッグをつけるときは、〝手を尽くしていないのに見殺しにする気か！〟という非難を浴びる。けれど、助かる命を優先するためには仕方のない行為で、そうした非難も受け止めなければならない。

彼女の友人は、命の危機はなかったものの、手を上げていた男が優先的に治療されることに怒るのは、人としてあたり前の感情だろう。

それに、ひどいけがで苦しむ友人を前に取り乱すのは、むしろ普通だ。

「悪いけど、引き続きよろしく」

『もちろんだ。約束だからな』

俺がフライトドクターになるために野上を出ると決意したとき、天沢ともうひとりの同期の堀田が、『俺たちも一緒に闘う。いつでも患者を回せ』と力強い言葉をくれたのだ。

「サンキュ。それじゃあ」

電話を切ったあと、自分は彼らの期待に応えられるようなドクターになれているのかと自問自答する。

「やるしかないか」

誰からも頼られるような医師になるまでには、まだまだ経験が足りない。

久しぶりに天沢と話して、初心に立ち返った。

急いで弁当をかき込んでいると、今度は来客だと呼ばれて出ていく。

ヘリで助けた人が時折お礼に来てくれるので今日もそうかと思ったが、処置室から出ていくと息が止まりそうになった。

同じように目を丸くする彼女が、ずっと捜していた幼なじみの田崎京香だったからだ。

随分あか抜けてきれいになったが、間違いなく彼女だ。俺が間違えるわけがない。

ブラウンの長い髪は軽く巻かれており、二重の大きな目は黒目がちで、かわいらしさも残しつつ、大人の女になったという感じ。

落ち着いたくすんだピンクのシフォンブラウスに、ベージュのスカートを合わせた京香は、しばらく微動だにしない。

しかし、ハッと我に返った彼女は深々と頭を下げてきた。

「あっ、あの……。先日、マンションの火災現場でひどいことを口走りました。申し訳ありませんでした」

もしや、俺に『人でなし』と言い放ったのは、京香だったのか？

あのときは顔を確認する余裕もなく、緊迫した場面だったので声でも気づけなかった。

きっと京香も、マスクをしていたうえ、まともに顔を向けない俺に気づいていなかったのだろう。

それにしても、『話は臨海総合医療センターの救命救急でいつでも聞く』と少々突き放した言い方をして去ったのに、わざわざ謝罪に来るとは。

でも、間違ったことが嫌いな彼女らしくもあり、性格は変わっていないのだと妙に安心した。

もう一度謝罪の言葉を口にして、視線を泳がせたまま去ろうとする京香を、このまま逃すわけにはいかない。

俺は強引に手を引き、歩きだした。

渡し忘れている菓子折りが、京香が大好きだった千歳という店のものだと気づいたとき、うれしくてにやけそうになった。

彼女の六歳の誕生日。田崎家での誕生日パーティに俺も呼んでもらったのだが、京香があんこ好きだと知っていた俺は、母に頼んで練り切りを買ってもらい、プレゼントしたのだ。

今思えば、とんでもなく色気のないプレゼントなのだが、大きなバースデーケーキを前にしながら、彼女が満面の笑みを浮かべて喜んでくれたのを覚えている。

それが千歳の練り切りで、それから京香は千歳の和菓子を好んで食べるようになったのだ。

和菓子を俺に手渡すと、京香はそそくさと帰ろうとする。

けれど、逃すわけがない。彼女をずっと捜していたのだから。

タイミングの悪いことにナースから電話が入り、ドクターヘリが出動するとわかった。ヘリには医師がふたり乗り込むため、処置室が手薄になる。戻らなくてはならない。

どうしようか考えあぐね、『傷つけたんだから、ちゃんと償って』と強引に手の甲に電話番号を書くよう促した。

ためらう彼女をせかしたのは、もちろんわざとだ。処置室に戻れという指示は入ったものの、そこまで切羽詰まった状態ではなかった。

しかし、そうでもしなければ連絡先を教えてくれないと思ったのだ。

京香は困惑を顔に浮かべながらも、電話番号を書いていく。その間、俺の手が動かないように彼女が左手で支えていてくれた。こうしてほんの少し触れていられるだけで幸せを感じるなんておかしいだろうか。

偽の電話番号を書いたっていいのに、これは間違いなく彼女に通じるはずだ。京香はこういうところで嘘のつけない女だから。

でも、あのときだけは……。

俺が高校二年生で、京香が一年生の秋。彼女は突然退学して行方をくらました。前日の夕方、彼女は笑顔で『またね』と言ったのに、〝また〟は永遠にやってこなかったのだ。

あれからもう十三年も経つ。

俺も彼女の手の甲に自分の電話番号を残し、抱きしめたくてたまらない衝動を必死に抑えて救命救急科に戻った。

「綾瀬先生、いいことありました?」

処置室に戻ると、医療材料のチェックをしていたナースに問われて、どうしてわかったのだろうと不思議に思う。

「いや、別に。なんで？」

「なんとなく顔が優しいですもん。患者さんが入ってないからかもしれないですけど」

「そうだな。それより、どんな症例で飛んだんだ？」

それ以上つっこまれたくなくて、ドクターヘリについて尋ねる。

「胸の強い痛みを訴えて倒れた、七十代男性の救急搬送です」

「心筋梗塞、大動脈解離……」

可能性のある病名を挙げていき、処置について考える。

心臓と心臓を包んでいる膜の間に体液や血液がたまってしまう心タンポナーデであれば、一刻も早くその液を抜かないと圧迫された心臓が機能しなくなる。

救命救急の現場ではしばしば遭遇するケースではあるけれど、十分な検査機器もないフライト先でその処置を行うのは、簡単ではない。しかし、やらなければ命が消えてしまう。

「ちょっと見てくる」

俺は、ドクターヘリに指令を出している運航管理士――コミュニケーションスペシャリスト、通称CSのところに向かった。

臨海総合医療センターのフライトドクターは、胸に小型カメラをつけていて、現場の様子を常に送ってくる。救急医の手が空いていれば、それを見て現場に指示を出すこともあるのだ。

CSとして活躍しているのは、俺のふたつ年下で二十八歳の遠野真白だ。

優しい顔立ちをしているが仕事中はキリリと表情を引き締めており、妥協という言葉を知らないストイックさがある。飛ぶ、飛ばないの判断を下す彼女は、俺たちの命を預かる立場なので、そうなるのもうなずける。とても頼もしいドクターヘリチームの一員だ。

彼女は消防から要請を受け、ヘリのエンジンスタートの指示を出す。常に天気図を読み、天気や風の状況を把握した上で、安全な飛行のために力を尽くすのが大きな役割だ。

それだけでなく、ヘリが降りるランデブーポイントの選定も基本的に彼女が行い、現場から離れている場合は、消防と連絡を取り合ってドクターが効率よく傷病者に接触するためのルートを確保してくれる。

彼女自身も、かつてヘリコプターのパイロットをしていたらしく、そのときの経験も安全な運航管理に生きているようだ。

「もう着いてる?」

「はい。たった今、救急車内で処置が始まりました」

彼女はそう言いながら、現場の映像をモニターに映してくれた。

今日飛んでいるのは、フライトドクター十四年目の大先輩と、後輩の安西だ。

「心タンポナーデか」

心配が当たってしまった。

心嚢穿刺(しんのうせんし)という難しい処置を始めた先輩の手元を見ながらつぶやくと、遠野もうなずいている。彼女は医療従事者ではないが、多くの症例を見ているので、それなりに知識があるのだ。

「……引けた」

血液が無事に吸引できたのを見て、当面の危機は脱したと胸を撫でおろした。急な出血の場合、血液が固まってしまうことも多々あるからだ。その場合は、現場で開胸することもある。

「綾瀬先生、Uターン搬送しますが対応お願いできますか?」

Uターン搬送とは、この病院から飛んだヘリが、傷病者を乗せて戻ってくることを指す。

「了解。準備する」

俺は処置室に走りながら、多重衝突事故の犠牲になり亡くなってしまった京香のお父さんのことを思い出していた。

車に挟まれて身動きが取れなくなったお父さんは、鈍的外傷による急性心タンポナーデで命を落としたのだ。

同じ車に乗っていたお母さんは、車外に放り出されたことによる全身打撲で即死だった。

あたり前にあった日常が突然壊れて泣きじゃくる京香を抱きしめながら、俺はひそかに医者になると決意した。それも、救急の最前線で働く医者に。

生死の境をさまよう傷病者をひとりでも多く助けたいと、フライトドクターという道を選択したのも、そうした気持ちがあったからだ。

京香の大切な人は救えなかったが、ひとつでも多くの命を救うと決めている。

「ヘリ、戻ってくるぞ。開胸することになりそうだ。準備を頼む」

俺はナースに指示を出しながら、気持ちを引き締めた。

なんで……？

臨海総合医療センターに謝罪に向かった私は、びっくりする人物に出会って、廊下で立ち尽くしたまま放心していた。

火事の現場で言葉を交わしたドクターが、まさか海里くんだとは。

幼い頃はお医者さんごっこをして、私が彼の腕におもちゃの注射をしていたのだが、立派な医師になったのは彼のほうだった。

友奈のひどい火傷に焦り、さらには彼女の元彼への強い憤りから、『人でなし』という、とばっちりに近い言葉を投げつけたのに、怒っている様子はなかった。いや、彼も私に気づいていなかったようなので、驚きのあまりそれどころではなかったのかもしれないけれど。

予期せぬ再会に戸惑いを隠せず、お詫びのしるしとして持っていった手土産を渡すことすら頭から飛んでしまい立ち去ろうとすると、思いがけず腕をつかまれて、ちょっと強引に隣を歩かれた。

それが、あの頃と変わらなくて、なんとなくうれしかったのは秘密だ。

ぎこちない会話を交わしている間、鼓動がどんどん速くなるのを感じる。私はこれほど動揺しているのに、海里くんの表情は少しも変わらない。あんな過酷な現場で働いているのだから、これくらいなんでもないのかもしれない。

今日はヘリに乗っていないのか、スクラブ姿だ。

高校では理系にいた彼だけれど、医学部を目指しているとは知らなかった。もしかしたら私の両親の事故をきっかけに進路変更したのかもしれない。それで医学部に合格できてしまう能力の高さには驚くばかりだった。

彼が少し強引に連絡先を聞き出そうとしているのはわかっていた。迷いはあったものの結局教えてしまったのは、海里くんにずっと会いたかったからだ。


――あれは十三年前。大通りのイチョウの葉が見事に色づいた、十月下旬の夕刻のことだった。

中学三年生だった私が学校から帰宅すると、両親が乗った車が多重衝突事故に巻き込まれたと連絡が入った。

頭が真っ白になってどうしたらいいかわからなくなった私は、真っ先に隣に住む海里くんにすがった。そうしたら彼は、すぐにお母さんに事情を話して、車で現場まで連れていってくれたのだ。

私はそこで、凄惨な事故現場を目の当たりにした。

母は事故の衝撃で道路に投げ出されてすでに亡くなっており、父は原形をとどめないほどつぶれた車体に体を挟まれて、レスキュー隊が必死に助けようとしているところだった。

あのときフライトドクターが駆けつけてきて、車に挟まれて動けない父に治療を施してくれたが、ほどなくしてほかのけが人に移っていった。――父の死亡を確認したからだ。

現場はまだ危険な状態で近づくことを許されず、少し離れたところから愕然として見守るしかなかった私の肩を、海里くんはずっと抱き寄せてくれていた。

夢ではないかと思う出来事に涙を流すことすら忘れていたのだが、父の死を悟ったそのときに、海里くんの手に力がこもった瞬間、涙があふれてきて止まらなくなった。

彼が口にした言葉を今でも忘れていない。

『俺が京香の家族になる。お前を守る』

ただの慰めだと思っていたのに、その日を境に海里くんは毎日のように一緒にいてくれた。両親の葬儀が終わるまでの間、学校を休み、悲しみに打ちひしがれてなにもできない私の代わりに、様々な対応に駆けずり回った。彼の両親も、私をひとりにしておけないと、家に泊めて全力で支えてくれた。

二週間ほどで自宅に戻ったものの、突然両親を失い、自分もふたりのところに旅立ちたいと思うほど、心が疲弊していた。

それに気づいていただろう海里くんは、ひそかに彼にあこがれていて、同じ高校に行きたいと思っていた私の家庭教師になった。泣いている暇もないほど絞られて、高校の合格を勝ち取った。

あれほど勉強勉強と彼が追い立てたのは、私に入試以外のことを考える時間を与えないようにしたのだと、今ならわかる。おかげで、死を願うことはなくなり、徐々に元気を取り戻すことができた。

高校の合格通知を手にした頃、未成年で天涯孤独となった私の後見人が決まり、隣町の親戚の家に引き取られることになった。

母方の遠縁にあたる吉武家の家に引き取られたものの、完全に邪魔者扱い。仕方なく置いてあげているんだからと、家事のほとんどを押しつけられた。疲労で思い通りに動けなくて、おじさんに脚を蹴られたこともある。

吉武家には海里くんと同じ歳の恵麻ちゃんがいたのだが、彼女にまで顎で使われ、気に入らないことがあると罵倒される毎日だった。

それでも耐えられたのは、海里くんが変わらず私に優しい笑顔を向け続けてくれたからだ。

高校では、しばしば私の教室に様子を見に来てくれて、おかげで彼氏だと勘違いされたくらいだ。

私はむきになって否定したのだけれど、彼は『好きなように言わせておけばいい』と笑い飛ばしていた。口には出さなかったものの、彼に恋心を抱いていた私はそれがうれしくて、頬が緩んでしまう毎日だった。

けれど、そんな日々もあっけなく終わりを迎えることとなる。

両親を亡くして約一年。

別の高校に通っていた恵麻ちゃんが、私が通う学校の校門まで来て、海里くんに『京香ちゃんがお世話になっている幼なじみにあいさつしておきたかったの』と笑顔を振りまいた。何度も紹介してほしいと懇願されていたが、すでに彼女からひどい扱いを受けていた私は、海里くんとだけは接触させたくなくて拒んでいた。しかしあまりにしつこく、『紹介してくれないならひとりで会いに行く』とまで言われて、仕方なく会わせたのだ。

これが間違いだった。

にやにや笑う恵麻ちゃんから海里くんと付き合いだしたと、ふたりがキスをしている写真を見せられて、どれだけ絶望したか。

それから何度も海里くんとの関係をにおわされ、さらには『重いんだってさ、京香ちゃんのこと』と言い放たれて、どん底につき落とされた。

ちょうどその頃、思い出の詰まった実家をひと言の相談もなく売却されたと聞かされて、後見人のおじさんに激しく抗議した。

ギャンブル癖のあったおじさんが、みずからの借金を清算するために売却したのだとピンときたものの、『お前の将来のためだ』のひと言であしらわれてしまい、すでに買い手がついた実家を前になす術がなかった。

両親を失い、思い出の実家まで。さらには、家族になるとまで言ってくれた海里くんが本当は私を重いと思っていると聞かされて、もう私にはなにもなくなってしまったのだと未来が見えなくなった。

そんな生活に耐えられなくなり、高校を辞めて吉武家を飛び出した。とはいえ、未青年で保証人もいない私に部屋を貸してくれる人などおらず、年齢を偽って安いホテルに寝泊まりしつつ、仕事を探した。

就職活動もうまくいかず、約二カ月。このままでは、両親が残してくれた遺産を食いつぶすしかないと絶望しかけていたときに、アクアの求人を知った。

面接をしてくれた渡会さんが私の現状に驚き、後見人の選定のときにお世話になった弁護士と連絡を取ってくれた。その結果、虐待だと認定された吉武家とは縁を切り、渡会さんの厚意で住まいも仕事も用意してもらえたのだ。

渡会さんはいわば恩人。彼に恩返しができるように、それから必死に働いている――。

海里くんから連絡があったのは、連絡先を教えた日の二十時半過ぎ。

気になりすぎて、彼の電話番号を登録したスマホをじっと見ていたくせして、出ることができなかった。

私は海里くんを忘れた日なんて一日もない。新しい恋に踏み出せないのも、彼が心の中に居座って消えてくれないからだ。

けれども、海里くんはなにも言わずに姿を消した私を幼なじみとして心配していただけで、恋や愛なんていう感情はないのだろう。そもそも、私の存在を重く感じていたのだし。

とはいえ、いつかまた会いたいという気持ちを抱いていたのは否定できない。でも、いざ再会して向き合うと、『俺にそういう気持ちはない』と宣告されるのが怖くてたまらなくなった。

スマホをぼーっと眺めていると、一旦着信は切れたもののまたすぐに鳴りだした。留守番電話になっても、何度も何度も。

「海里くん……」

これ以上、彼の重荷になりたくない。会うべきではないと思うのに、もう一度声が聞きたい、優しい声で『京香』と呼ばれたいという気持ちが大きく膨らみ、冷静ではいられなくなる。

海里くんは、友奈の件のときの暴言をまだ許してくれていない。それなら納得してもらえるまでお詫びをしなければ……というのは、多分電話に出る口実だ。本当はせっかく再会できた海里くんと切れてしまうのが嫌なだけ。

私は、ボタンを操作した。

「もし……もし」

『風呂でも入ってた？』

緊張しながら出たのに、いつも顔を突き合わせていた頃と変わらない言い方に、なんとなく緊張がほどける。

「そ、そう。ごめん」

『嘘だな』

鋭い指摘に、顔が引きつる。

『なーんて、まあいいや。まんじゅうありがと。師長が和菓子大好きらしくて、めちゃくちゃ食ってた。俺たち、体重制限もあるのに』

「太っちゃダメなの？」

アイドルでもないのに？と意外すぎて、昔の調子で聞き返してしまった。

『そう。ヘリに載せられる重量が決まってるんだよ。できる限り医療機器を積んでいきたいけどそうもいかない。ドクターふたりに、ナースがひとり、あとはパイロットと整備士が乗るんだけど、重量オーバーになるとドクターがひとり降りるしかなくなるんだ』

「そっか……。なんかごめん」

そんな制限の中で働いているとは知らず、余計な差し入れだったと謝ると、彼はくすくす笑っている。

『京香が謝ることじゃないよ。師長がひとつにしておけばいいんだし。まあ、三つ食ったからって仕事が過酷だから太りはしない。そういう俺も、懐かしくてふたつ食ったし』

『懐かしくて』と言われ、うれしくなる私は単純だ。いや、京香と呼んでもらえたからか。

『友達、退院できるみたいだな』

「あっ、うん。海里くんの言う通りだった。あのときは取り乱してごめんなさい」

もう一度暴言の謝罪をすると、沈黙が訪れて緊張が走る。

「聞こえてる？」

『うん。京香に海里くんと呼ばれると、なんかにやつく』

それはどういう意味だろう。

懐かしくてということ？　それとも、あの頃と同じように呼ばれるのがうれしくて？

そんなふうに思ったけれど、うれしいだなんて都合のいい解釈というものだ。ずっと海里くんを好きだった私とは違い、彼は重い私から離れて恵麻ちゃんと付き合ったのだから。

『……友達なんだから、取り乱すのは当然だ。火傷だって、救急要請すべきレベルの状態だった。あのときは、ほかにもっと重症者がいただけ。ヘリに乗せてやれなくてすまなかった』

怒っているんじゃなかったの？

謝られて、きょとんとする。

「ううん。冷静になったら、納得した」

『そう。でも、〝人でなし〟は効いたな』

「ほんとに、ごめんなさい」

日々緊張の中、駆けずり回っているだろうフライトドクターにぶつける言葉ではなかったと、スマホを耳に当てたまま頭を下げる。

『それじゃあ、今度の休みに付き合ってくれ』

「えっ？」

『京香、なんの仕事してるの？』

「アクアという美容室で、美容師……」

すらすらと答えてしまい、しまったと口を閉ざす。このお詫びが済んだら、もう二度と会わないかもしれないのに。それなら必要ない情報だ。

『アクアって聞いたことあるな』

「それはいいから。それで、なにをすればいいの？」

『美容師か。それなら、俺の髪を切ってくれない？』

それでお詫びになるならお安い御用だけれど、本気なのだろうか。

「いい、けど」

『決まり。俺、明後日休みなんだけど、京香は？』

「私は仕事がある」

『そうか。それじゃあ、美容室まで行くから、切って』

そう言われても、急には困る。

「明後日は、予約がいっぱいなの」

『人気なんだな』

今は、友奈のお客さまも一部引き受けているので、特に予約が空いていない。

スタイリストになったばかりの頃は、指名もほとんど入らず、スタイリスト指定なしのお客さまか、アシスタント業務ばかりだった。だから、私を指定した予約が埋まるようになったのは喜ばしいことだ。

「でも……十九時から始めて、終わりが閉店後になってもよければ」

明後日の予定を確認すると、十八時のカットのお客さまがラストだった。アクアは十九時半に閉店するので、普通は施術に一時間ほどかかるカットのお客さまをその時間からは入れないのだが、アシスタントの練習があるのでスタッフは残っている。そのため、渡会さんに一報を入れておけば問題ないはずだ。渡会さん自身も、そういう対応をしていることがしばしばある。

『もちろん、それでいい。どう切るかは京香に任せる』

「え……？」

『京香が、かっこいいと思う髪型に仕上げて。ああでも、寝ているところを呼び出されて病院に行くこともあるから、自分で整えるのが大変な髪型はちょっと』

かっこいいと思うって……。彼ならどんな髪型にしてもかっこいい。なにせ、眉目秀麗でスタイル抜群の彼は、いつもお近づきになりたい女子生徒に囲まれていたのだから。彼女だと誤解されていた私は、随分にらまれたものだ。

「お任せは困る」

『困らせてるんだから、思うつぼだな』

「ん？」

困らせてるって？

彼の発言の真意がまるでわからず、変な声が出た。それだけ怒っているという意味だろうか。

「あの発言は、本当に反省して――」

『あはは。それはもういい』

真摯に反省の弁を口にしたらなぜか笑われて、ますますわからない。

『俺は腹を立ててるんだ。京香が俺になにも言わずに消えたこと』

まさか、そっち？

「だって……」

『だって、なに？』

彼の突き放すような口調から、怒りのエネルギーを感じる。

でも、重荷だった私から離れられてホッとしたのはあなたのほうでしょう？

そう聞きたいのに口に出せなかった。

それなのに、いまだ恋心を抱いている自分がみじめに思えたからだ。

黙っていると、海里くんが先に口を開いた。

『ごめん。俺、ずっと心配してたから、ちょっと感情的になった。ゆっくり話がしたい。でもその前に、俺をイケメンにしてくれ。忙しくて、伸ばし放題だし』

たしかに、ちょっと長めだった。でも、それすらファッションの一部のように見える彼は、俳優の生駒さんよりオーラがあるなんて、ひそかに考える。

「わかった。それじゃあ明後日の十九時に、アクアの本店に来て。住所は——」

住所を伝えたあと、また沈黙が訪れて困ってしまう。

高校生の頃は私のほうがおしゃべりで、彼は『そうか』とか『うんうん、そうだな』とか相槌を打ってくれた。ひとつしか歳は変わらないのに、いつも私を安心させるような包容力が彼にはあった。

でも、そう感じていたのは私だけだったのかな。なんでも〝海里くん、海里くん〟になってしまっていた私は、やはり重かったのだろう。

『京香』

思い出に浸っていると、突然名前を呼ばれて慌てる。

「うん」

『呼んでみただけ』

「なに、それ」

からかわれているのかもしれないけれど、名前を呼んでもらえるだけで天まで昇るような気持ちになる。離れて十年以上も経ったのに、海里くんが好きでたまらないのだと自覚した。

「そ、それじゃあ明後日ね。海里くん、忙しそうだけど体には気をつけて」

これ以上話していると、気持ちがあふれてしまうと思った私は、無理やり話を切った。

『京香もだぞ。お前はすぐに風邪をひくんだから、腹出して寝るな。まあ、俺が診察してやるけど』

そういえば、幼い頃は風邪をひいて寝込むたび、海里くんがいろんな差し入れをしてくれた。のど飴もあったし、ときには本も。うつると悪いからと母が会わせてはくれなかったけれど、私がよくなるまで毎日家に様子を見に来てくれたっけ。

そんな彼がドクターになり、治療できる立場になったなんて感慨深い。

「いいよ、診察は」

『恥ずかしがるなって。診察中はそういう目では見ないから。あとで思い出すかもしれないけど』

「バカ！」

とんでもない発言にむきになると、海里くんは楽しそうな笑い声をあげる。

『京香は元気なのが一番だ。お前の声を聞けて俺も元気になった。明日はヘリに乗るんだ。頑張ってくる』

「うん、気をつけて。それじゃあ、おやすみ」

電話はそこで終わった。

明日はヘリコプターのプロペラ音がしたら、空を見上げてしまいそうだ。

「相変わらず、かっこいいんだもん」

見た目だけでなく、その行動も。

彼は、今日も明日も誰かの命をつないでいる。

「どうしよう……」

私は本棚から髪型がたくさん載っているヘアカタログを取り出してめくり始める。

海里くんに似合いそうな髪型を探すも、頭に浮かぶのは高校生のときの姿。襟足は短めで、前髪長めのセンターパートだった。

海里くんなら無造作パーマも絶対に似合うと思ったけれど、今回は時間がないし、どうしても高校生のあの姿が頭から消えてくれない。

当時、特におしゃれな美容室に通っていたわけではないはずだけれど、とにかくさわやかだった。

もう少し長い今も、素敵なのだけど。

「あれがいいよね、やっぱり」

どれだけ考えてもそういう結論にしか至らず、私はヘアカタログを閉じた。

海里くんがアクアに来店するその日は、ゲリラ豪雨に見舞われ散々な一日となった。一部の路線の電車が落雷のために運転見合わせとなり、予約のお客さまのキャンセルが相次いだのだ。

もちろん安全第一だし、アクアも停電となったら営業は続けられないのでそれでよいのだけれど、海里くんに会うのを楽しみにしていた私は、ちょっと残念だった。

休憩のたびにスマホをチェックしているものの、海里くんからキャンセルの連絡はない。厚い雨雲が通り過ぎてくれれば約束は叶うので、それを祈っていた。

謝罪の一環なのに、楽しみにしているのはおかしいけれど。

新人の山田さんと店内の掃除にいそしんでいると、受話器片手に渡会さんが難しい顔をしている。なにかあったのだろうか。

「すみません。予約がいっぱいでして。……ええ、こんな天気ですからキャンセルは出ているのですが、スタイリストの指名をされますと急には難しく」

どうやら、キャンセルの枠を狙っての予約のようだ。人気スタイリストの渡会さんは、三カ月先まで予約で埋まっていて、今は予約の受付をストップしている状態。月初めに一カ月分ずつ予約の枠を開放するのだが、ほんの数分ですべて埋まってしまう。

そのため、それにあふれたお客さまがこうして時折電話をかけてくるのだ。

しかし、そんな貴重な枠をキャンセルする人は少なく、渡会さんの担当に関しては、今日もほとんどのお客さまが来店している。

「田崎、ですか？」

唐突に私の名前が上がり、不思議に思う。

「……田崎もいっぱいでして」

私は何枠かキャンセルが出ていて引き受け可能なのに、どうして断っているのだろう。

「申し訳ありません。次のご予約でお待ちしております」

電話が終わったので近づいていくと、渡会さんが小さなため息をついている。

「どうされたんですか？」

なぜ私もいっぱいだと嘘をついたのか、気になる。

「生駒さんなんだ。雨で撮影が中止になったから、トリートメントだけでもしてほしいって」

「あ……」

生駒さんに狙われていることに勘づいている彼は、気を利かせてくれたようだ。

「片野の二の舞はごめんだ。田崎、気をつけろ」

「はい、ありがとうございます」

生駒さんは、友奈の元彼とは違うしつこさがある。そもそも俳優として人気のある彼は、自分が断られるという可能性を一パーセントも考えておらず、ふたりきりになりさえすればと思っているような節があるのだ。

すぐに接客に戻った渡会さんを見ながら、彼が理解あるオーナーでよかったと心から思った。

豪雨は二時間ほどで収まり、キャンセルが出たせいで渡会さんのアシスタントをしていた私は、お客さまの見送りのために店外に出た。

「晴れてきましたね」

空を見上げた渡会さんが言うと、三十代の女性のお客さまがうなずく。

「せっかくきれいにしてもらえたからお買い物に行こうと思ってたんですけど、お店も空いてそうでいいかも」

「そういうメリットもありますね。どうぞお気をつけて」

渡会さんとともに会釈して見送ると、お客さまは上機嫌で駅のほうに向かって歩いていった。

この仕事の魅力は、短時間でお客さまの気持ちを持ち上げられることだ。失恋したからとか、仕事がうまくいかなかったからと駆け込んでくる人もいて、気持ちの切り替えに利用してくれるケースも多い。

お客さまを笑顔にできるのが、私たち美容師の最高の喜びなのだ。

「さぼりたい天気になったな」

「オーナーがそんなことを言ってると、皆さぼりだしますよ」

「それは困る。さて、もう少し頑張るか」

彼は私をねぎらうように肩をトンと叩いて店内に戻る。そのとき、ヘリコプターのプロペラ音がして、澄んだ空を見上げた。ドクターヘリではないようだけれど、きっと危険なこともあるのだろうなと、海里くんのことを考えてしまう。

でも、あと三時間もすれば会える。

私は緩んだ頬を引き締めて、接客に戻った。

その日の最後の予約のお客さまは、ショートカットの似合う、私と同じ歳くらいの女性の常連さんだった。

全体的に整える感じではさみを入れ、シャンプーとブローを含めて約五十分。満足してもらえたようで、会計のときに次の予約も入れてくれた。

「ありがとうございました。どうぞお気をつけて」

店を出てお見送りをしたあと店内に戻ろうとしたけれど、強い視線を感じてあたりを見回す。

アクアの前の大通りには車が行き交っているものの、特にこちらを見ている人はいない。いつもの風景が広がっているだけだった。

「気のせいか」

そろそろ海里くんが来店する時間なので、浮かれているのかもしれない。

「田崎さん」

しかし突然声をかけられて、驚きのあまり目を丸くする。私を呼び止めたのは、作ったような笑みを浮かべる生駒さんだった。

「いつもお世話になっております」

物陰から出てきた彼に、業者を相手にするようなあいさつをしてしまった。

「他人行儀だなぁ」

彼は笑っているものの、他人なのだから問題ないと思う。もちろん、口には出さないけれど。

「本日、お電話をちょうだいしましたようで。対応できず、申し訳ございません」

予約を断ったことに対する謝罪をしなければと頭を下げると、距離を縮められて顔がこわばる。

「田崎さんにトリートメントしてもらいたかったなぁ。これから、カットも田崎さんがやってくれない？」

「いえ。生駒さまはテレビに出られる方ですから、渡会のほうがよろしいかと」

普通なら腕を認められたと喜ぶところだけれど、下心が見え見えで、もちろんお断りだ。

「つれないな。もうすぐ仕事終わりでしょ？　食事に行かない？　今日の撮影全部飛んだから、時間あるんだよね」

スキャンダルが怖くないのだろうか。私はそんなことに巻き込まれるのはごめんだ。

「申し訳ありません。店を閉めたあとも練習がありまして」

「たまにはいいじゃん。行こうよ。いい店紹介するからさ」

彼に右肩をつかまれ、振りほどいたのに逃げられなかった。左腕まで握られてしまったからだ。

渡会さんが気づいてくれないかと期待したけれど、彼は今個室での施術中で、外が見える場所にはいない。なんとか自分で切り抜けなければ。

「放していただけますか」

「行くっていう返事が聞けたらね」

強めに抗議したものの、どこ吹く風だ。

「行きません」

「硬いなぁ。皆、俺に誘われたらふたつ返事だよ」

華やかな世界にいる人とお近づきになりたい人もいるだろう。けれど私は、こんなに傲慢で身勝手な人は断固お断りだ。

「なんと言われても行きませんので、放してください」

「ダーメ。少しくらいいいじゃん」

全力で抵抗すると、彼は私を抱きしめようとした。

「やめて！」

「なにしてんだ」

どすの利いた声が聞こえたと思ったら、背の高い男性が私たちの間に割って入ってきた。

「海里くん……」

彼はすぐに生駒さんから私を引き離して、間に立ちふさがってくれる。

「お前、誰だよ」

生駒さんが海里くんをにらみつけるも、海里くんに動じている様子はない。

「お前こそ誰だ」

「俺を知らないのか？　生駒光だ」

「知らないけど、それで誰？」

海里くんの返事が潔くてあっぱれだ。

「なんだよ。口説いてるんだから邪魔するな」

生駒さんが海里くんを押しのけて私に手を伸ばしてきたものの、海里くんがその手をひねり上げた。

「痛ぇな、放せよ」

「口説く？　彼女は俺ともうすぐ結婚するんだが」

海里くんがとんでもないことを言いだすので、目を丸くする。しかし、迫られて嫌がっていると察して、演技をしてくれたのだとすぐに気づいた。

「嘘つけ」

「嘘だと思うなら、彼女に聞いてみろよ。ただし指一本でも触れたら、この腕は無事では済まないかもな」

海里くんがすごむと、腕をひねり上げられたままの生駒さんは私に視線を向けた。

「そう、です。彼と結婚します。ですから、生駒さんと食事には行きません」

「はぁっ？　俺よりこの男がいいのか？」

「聞くまでもない。当然だ」

堂々と当然だと言い放つ海里くんに、すがすがしい気持ちになる。生駒さんの自尊心が粉々に壊れる瞬間を見た気がした。

「生駒さま」

騒動に気づいたスタイリストが呼んでくれたのか、渡会さんがいつもとは違う険しい顔で出てきた。

「いいところに来た。こいつ、どうにかしてくれよ。失礼にもほどがある」

海里くんにつかまれた腕は関節が固められているらしく、自分ではどうにもならないようだ。体の構造を隅々まで理解している海里くんだからなせる業なのかもしれない。

情けない恰好なのに、大口を叩くのが実に生駒さんらしい。

「うちの田崎になにをしようとしていたのですか？　本日は予約をお取りできないとお伝えしたはずです。しつこくされるのであれば、警察を呼ぶことになりますが」

渡会さんが警察まで持ち出すので、少し驚いた。迷惑ではあるけれど、相手はお客さまだからだ。

「誰に物を言ってるんだ。お前、撮影現場に出入りできなくなるぞ」

生駒さんが鼻息を荒くして声を荒らげる。けれど渡会さんは、平然としていた。

「店内のスタッフが今の状況を撮影しておりますが、生駒さまこそ大丈夫ですか？　私、雑誌のヘアメイクも担当しておりまして、出版社とも取引があるんです。人気俳優、ヘアメイクアシスタントに強引に迫る！　ゴシップ誌だと、こんな感じの見出しがつきそうですね」

渡会さんの一撃に、顔を真っ青にした生駒さんは完全に抵抗をやめた。

「スキャンダルが怖い程度の気持ちで、京香が落とせると思ってるのか。二度とその面を見せるな」

生駒さんを解放した海里くんは、そう言い放つ。すると海里くんをにらみつけた生駒さんは、なにも言わずに去っていった。

「田崎、気づくのが遅れてごめん。なにもされなかったか？」

「大丈夫です」

本当は肩や腕をつかまれたときの感覚が残っていて、気分が悪い。けれど、心配をかけたくなくて、渡会さんに笑顔を作った。

「この美容室のオーナーの渡会と申します。うちのスタッフを助けていただいたんですね。ありがとうございました」

渡会さんが今度は海里くんに頭を下げる。

「いえ。妻を守るのは夫の仕事ですから」

「海里くん？」

あれは生駒さんを撃退するための嘘でしょう？

「夫？」

「申し遅れました。私、彼女の婚約者の綾瀬海里と申します。仕事が忙しくて、なかなか髪も切れず、今日は無理に予約を入れてもらって……」

婚約者とさらりと嘘をつく海里くんに慌てて彼の腕を引くも、まったく気にすることなく堂々としている。

「それでは、火事のときに片野を診てくださったお医者さまでいらっしゃいますか?」

時間外になる予約を受けたいと渡会さんに話したとき、〝火事のときのお詫びなんです〟と話したのだ。

「はい、そうです」

「それは……。片野も大変お世話になりました。でも、婚約……?」

あれから日が浅く、婚約に至るのが不思議なのだろう。渡会さんが首をひねっている。

「実は幼なじみなんです。ずっと昔に結婚の約束をしたのですが、訳あって離れてしまって。火事のときはお互い気づかず、彼女が病院に暴言の謝罪に来てくれてそういう運びに」

どういう運びよ!と言いたくてたまらなかったものの、これほど潔く嘘をつくのは、生駒さんに見られていると想定してのことなのではないかと思い、口をつぐんでおいた。

渡会さんにはあとで打ち明ければいい。

「そうだったんですね。田崎、教えてくれよ」

「す、すみません」

ここは素直に頭を下げておく。

「それでは、カットですね。田崎の腕は私が保証しますので、どうぞこちらへ」

渡会さんが海里くんを店内に促すと、ほかのスタッフの視線を一心に浴びてしまった。なにせ、海里くんがまるで自分のものだと見せつけるかのように私の肩を抱いているからだ。

「海里くん、もう演技はいいでしょ」

小声でそう伝えたのに、彼は無視を決め込む。

「田崎、個室が空いたから使って。外から見えないほうがいい」

「ありがとうございます」

渡会さんもまだ生駒さんを警戒しているようだ。

私は海里くんを奥の個室に案内した。

「助けてくれてありがとう。でも、結婚って……」

「そうとでも言わなければ、あの男、いつまでも付きまとうぞ。ずっと狙われてたんだろ」

そう言われてうなずいた。

「俳優なのか、あいつ」

「本当に知らなかったんだ。今、ドラマに出てるよ」

「テレビを見る暇ないからな。スキャンダルが怖くて京香が落とせるかって。ふざけんな」

海里くんは不機嫌を全開にしてぶつくさ言いながらも、私が勧めたイスに座る。

私が道具を用意し始めると、海里くんがふいに腕をつかんできた。

「けがしてないか？」

「……うん。大丈夫」

「ここも？」

真剣なまなざしを送ってくる彼は、私の肩にも触れる。

「過保護だなぁ。ちょっとつかまれただけ……」

そんなふうに強がったけれど、本当は怖くてたまらなかった。海里くんが来てくれなければ、今頃どうなっていたか。あんなに強引に迫られるとは予想外で、思い出すだけでも足が震える。

それ以上になにも言えなくなりうつむくと、海里くんは立ち上がって私を抱きしめた。

「怖かったくせに、強がるな」

優しい言葉をきっかけに、涙が頬を伝いだす。

「京香はいつもそうなんだよ。全部ひとりで背負い込んで。俺がいるだろ、頼れよ」

彼は、私が黙って姿を消したときの話をしているような気がした。

「今日は帰ろう。オーナーの渡会さんに話せばわかってくれる」

私は彼の腕の中でうなずいた。こんな精神状態ではさみを握りたくない。

私を離した海里くんは、大きな手でちょっと雑に私の涙を拭う。こういうところがなんとなく彼らしい。

「一応聞いておくけど、渡会さんとそういう仲じゃないよな」

そういう仲って?と一瞬きょとんとしたけれど、男女の仲だと言いたいのだとすぐにわかった。

「違うよ。渡会さんは私の恩人。素敵な奥さまがいらっしゃるの。時々差し入れを持ってきてくださるのよ」

「そっか。よかった。俺が渡会さんに話しておくから、帰る準備してこい」

よかったとは？　私が渡会さんに恋心を抱いていたら、とっさに婚約者の振りをしてはまずかったという意味だろうか。

「……うん。ありがとう」

泣いた顔をほかのスタッフに見られるのも嫌で、私はそのままスタッフルームに向かった。

しばらくすると、スタッフルームの外から渡会さんの声がする。

「田崎、綾瀬さんに聞いた。もちろん帰っていいよ。綾瀬さんが責任もって送り届けると約束してくれたから任せたけど、大丈夫か?」

「はい。ご迷惑をおかけしました」

ドアを開けないでいてくれるのは、私が泣いていると聞いたからかもしれない。

「心配いらない。生駒さんの予約はもう受けないし、事務所に抗議を入れる。あとは俺に任せて、綾瀬さんに癒やしてもらえ。綾瀬さんに裏口を教えておいたから、表に出てこず帰っていいぞ」

「ありがとうございます」

「うん、お疲れ」

渡会さんはそれだけ言うと立ち去った。

涙を拭い、深呼吸をしてから裏口を出ると、空を見上げる海里くんが見えた。彼はすぐに私に気がつき、優しく微笑む。

「おいで」

　彼が手招きするので近づいていくと、不意にうしろから抱きかかえられて体をこわばらせる。けれども、それも一瞬で……。

「ほら、見てみろ」

「あっ……。夏の大三角」

　幼い頃、綾瀬家と田崎家で避暑地の別荘に遊びに行ったことがある。そのとき、海里くんが自慢げに教えてくれたのが、この夏の大三角だ。

　どうやら恰好つけたくて、旅行に行く前に勉強していったようなのだけど、〝なんでも知ってる海里くんってすごい〟と感動した。

「もうずっと、夜空を見上げることなんて忘れてたな」

「私も」

　日々の忙しさに目を回して、必要なものだけを視界に入れるようにしていたかもしれない。けれど、ときにはこうして日常とは切り離された世界に意識を飛ばしてみるのも悪くない。緊張で凝り固まった心がほぐれていくようだ。

「帰ろうか」

「うん」

　海里くんがあたり前のように私の手を握って歩き始めるので、勝手に鼓動が速まっていく。婚約者の振りをしてくれているのだろうけれど、私は落ち着かない。

「京香、今どこに住んでるんだ?」

通りに出ると、彼が尋ねてくる。

「江東区」

「そっか、ちょっと遠いな」

「ごめん。ひとりで帰るよ」

彼はきっと病院のある千葉県に住んでいるはずだ。電車の路線が違うのだろうと慌てて答えると、なぜか不機嫌な顔で私を見つめる。

「ひとりで帰せるわけないだろ。それに、そういう意味じゃない。今日、京香の家に泊まって、明日の朝そのまま出勤しようと思ったけど——」

「泊まるって!」

大きな声が出てしまい、周囲を歩く人たちからの視線を浴びてしまった。

「なにびっくりしてるんだ。一緒に寝た仲だろ?」

海里くんは私の肩を抱き、耳元で思わせぶりに言う。

「いつの話よ。小学生の頃でしょう?」

「いや。最後は京香が中学のときだな」

彼の言葉に心臓がドクドクと音を立てる。

その通りだ。両親の葬儀のあと、心配した綾瀬家のお父さんとお母さんがしばらく家に泊めてくれた。それでもまともに眠れない私に気づいた彼が、こっそり私のいる部屋に来て抱きしめたまま眠ってくれたのだ。

けれど、もちろんなにもなかった。ただ『俺が守るから、なにも心配いらない』と何度もささやかれて、両親の死後、初めてぐっすり眠れたのを覚えている。

ああ、海里くんとの思い出がありすぎて、胸が苦しい。

「今さら照れて」

彼は赤くなっているだろう私の耳朶に触れながら、からかうように言う。

あなたは平気かもしれないけど、私はこんな些細なことでもドキドキするの。だって、あなたが今でも好きだから――。

「もう！」

恥ずかしすぎて彼の手を払うと、くすくす笑っている。

いつの間にか、生駒さんに触れられた気持ち悪さが飛んでいるのに気づいた。

渡会さんが『癒やしてもらえ』と話していたけれど、海里くんはまさに私の癒やし。いつでもどこでも、私のささくれ立った心を静めてくれる。

駅に向かうと思いきや、彼が私の手を引いて連れていったのは近くのコインパーキングだった。

涼しい顔をした海里くんが「乗って」とドアを開けたのは、ポルシェ・カイエン。

なんとなく色気もあり、かつワイルドなこの車は海里くんにぴったりだけど、高校生のときの記憶で止まっているので、運転する姿が想像できない。

火事の現場でてきぱきと指揮を執っていた彼も、私が知っている海里くんではなかったが、流れた年月の長さを改めて突きつけられた。

「どうした？」

「電車かと思った」

「電車もいいけど、ふたりで話したかったから」

そんなふうに言われると、ふたりきりだと強く意識してしまうのに。

「……うん」

そもそも海里くんは、私に髪を切ってほしかったわけではなく、話がしたかったのかもしれない。

エスコートしてもらい助手席に乗り込むと、彼は私の家の住所をナビに登録してから、車を発進させた。

「運転、うまいんだね」

「まあね。ドクターヘリのパイロットをしてる小日向ってやつが車好きで、うんちく詰め込まれてからよくドライブに行くようになって。でも、なんか足りないんだよ。でもそれがなにか、今日わかった」

「なんだったの？」

「京香」

思いがけない返事に固まり、瞬きを繰り返す。

「全然男慣れしてないな。安心したような、心配なような……」

どうやら、からかわれたらしい。

「悪かったわね。海里くんとは違うんです」

そう答えながら、胸がチクッと痛むのを感じた。

離れて十年以上も経ち、もう三十歳になった彼に交際経験があるのはあたり前なのに、そういう存在を知りたくない。

もしかして、彼女ではなく奥さんがいる可能性だってあるのだ。それが恵麻ちゃんだったら……とふと考えてしまい、顔が引きつった。

「お前さ、俺を遊び人みたいに言うなよ。こんな一途な男、めったにいないぞ」

「……奥さんひと筋ってこと？」

答えを聞くのが怖かったけれど、思いきって尋ねた。私も前に進まなければと思ったのだ。

すると彼は、はぁーと大きなため息をついて黙り込む。

その沈黙がなにを意味するのかわからずうつむいていると、赤信号でブレーキを踏んだ彼は、私に視線を送った。

「結婚してたら、あんなこと言わない。京香が俺の婚約者だろ」

「あれは、生駒さんをけん制しただけでしょ？」

「実は嘘でしたと知られたら、また付きまとわれるぞ。いいのか？」

「よくない」

もうあんな怖い思いはごめんだ。

「それじゃあ、結婚するしかないな」

「え？」

「あの男から逃げたいんだろ？」

だからといって、なにも結婚までしなくても。

そう思いながらも、彼が未婚であることや、嘘だとはいえ私と夫婦の振りをしてもいいと思ってくれていることに心が弾んでいるのは否めない。

「そうだけど、結婚っておかしいでしょ」

しかしさすがにいきすぎだと、反論する。

信号が青に変わり、再びアクセルを踏んだ海里くんがなにかつぶやいたけれど、ちょうど救急車のサイレンが聞こえてきて、聞き取れなかった。きっと冗談だったのだろう。

救急車を優先させるために車を端に寄せて停止する彼は、スイッチが入ったとでもいうのか、先ほどまでとは違い鋭い目をしている。

救命救急医として気になるのだろうなと思わせた。

優しい目で笑う彼はもちろんだけれど、こうして表情を引き締めた凛々しい彼も、すごく素敵だ。

高校生のとき選んでもらえなかったのに、彼への気持ちをどうしても捨てられない私はバカなのだろうか。

「大丈夫かな」

追い越していく救急車を見ながらつぶやくと、海里くんが私の頭をポンと叩いた。

「きっと大丈夫だ」

「そうだね」

私がそう返すと、うなずいた彼は再び車を走らせた。

いつもは退屈な通勤時間も、海里くんと一緒だと心が躍る。特に多くの言葉を交わすわけではなくても、彼が隣にいるだけで安心するのだ。

きっとこういうのが重いのだろうなと反省するも、彼の存在で心が安らぐのは止められない。もちろん、口には出さないように気をつけるつもりだ。

「このアパートか?」

「うん。遠回りしてくれてありがとう」

アパートの前で車を停めた彼は、シートベルトを外して私を見つめる。

「あの美容室って、千葉に店はないの?」

「三カ月前に開店したばかりの店があるよ。千葉の店で切りたいなら、もちろん紹介する」

忙しくて、東京の本店に出てくるのが大変なのだろうと思いそう伝えると、彼は首を横に振っている。

「京香に切ってもらわないと意味がない」

たしかに、あの暴言の謝罪なのだからそうかもしれないけれど、わざわざもう一度出向いてもらうのも気が引ける。

　でも、そうじゃないとしたらなんだろう。

「ヘリを飛ばしてる病院があんまりなくて、俺が職場を移るのは現実的じゃないんだよ。もちろん、ヘリをあきらめればいい話だけど」

「ヘリをあきらめるって？　そんな必要ないでしょう？」

　たった一度、彼の治療の様子を見ただけだけれど、もうひとりのドクターからも頼られているようだったし、あれほど過酷な現場でも冷静に対処できるのだから、病院が離さないのではないだろうか。

「だけど、このあたりから通うのはちょっと無理なんだ。ヘリに乗らないときはオンコールっていう、呼び出されたら駆けつけないといけない勤務もあって」

　なんの話をしているのか、さっぱりわからない。

「もし、京香が店を移ってもいいのなら、その近くに新居を構えてもいいかなと思ったんだけど、嫌だよな」

「ん？」

　新居って、もしかして……。

「まさか、一緒に住むってこと？」

「当然だろ。結婚するんだから」

「だからそれは――」

『おかしいでしょう？』と続けたかったのに、唇に指を置かれて言えなくなった。

結婚するというのは、本気なの？

「このアパート、オートロックですらないな」

彼は私が住むアパートを見て、眉をひそめる。生駒さんにあんなふうに迫られた今、危険だと言いたいのかもしれない。

「そう、だけど……」

「あの男にあとでもつけられて、突撃されたらどうする？」

「……怖いこと言わないでよ」

私は震えそうになる自分の体を抱きしめて言った。ありえない話でもなく、不安が押し寄せてくる。

「俺はお前に傷ついてほしくないんだ。ここには置いておけない」

私の頬にそっと触れた彼が、真摯なまなざしを送ってくるので、どぎまぎしてしまう。

「京香が店を移るのが難しいなら、俺が病院探すか」

「なに言ってるのよ」

そんなに簡単に決めないでほしい。

フライトドクターという大変な仕事についているのは、それなりの覚悟や信念があってのことだろう。もし、私の両親の事故がきっかけで医師を目指したのだとしたら、そんな彼を尊敬するし、ヘリを降りてほしくない。

「実は、千葉店を立ち上げると決まったとき、渡会さんにチーフスタイリストとして勤務してみないかと打診されたの。渡会さんにそう言ってもらえるのはすごく名誉なことなんだけど……自信がなくて断ってしまって」

打診されたときは、頑張ってきた甲斐があったと心の中でガッツポーズをした。けれど、ずっと不安定な生活をしてきたからか、ようやくできた気心の知れた仲間や、私を指名してくれる常連客から離れることに不安を抱くようになって、結局断ってしまった。

渡会さんは残念そうだったものの、新しい環境が怖いことを正直に打ち明けたら、『まだ早いか』と納得してくれたのだ。

「そうだったのか。俺、京香の美容師としての腕はよくわからないけど、そうやって声をかけられるくらい真面目に働いてきたことだけは、見てなくてもわかる。受けてみてもいいと思うけどな。自信がなかったんじゃなくて、友達や仲間から離れるのが怖かったんだろ」

私の心の中を丸裸にする海里くんに、たじたじになる。一緒にいた時間が長いから、わかってしまうのだろう。

正直にうなずくと、頭をガシガシ撫でられた。

「俺がいるぞ。もちろん、無理にとは言わないけど、俺がいつでもお前の不安を受け止めてやる。もしチャレンジしてみたい気持ちがあるなら、やってみたらどうかな。……なんて、俺が病院を移らなくてよくなるだけか」

きっと海里くんは、自分の事情云々ではなく、本気で応援してくれているのだと思う。私を生駒さんから守るために、結婚や職場を移ることまで考えてしまうような人だから。

「海里くんがいてくれたら、頑張れる気がする」

「それじゃあ決まり」

思わず本音を漏らしてから、しまったと思ったがあとの祭りだ。彼はうれしそうに声を弾ませる。

「ちょっと待って。本気で一緒に住むの？」

「夫婦になるんだから当然だろ」

彼が私の髪をひと束すくい、唇を押しつけるので目を丸くする。

高校生の頃から私よりずっと大人だったけれど、こんな色気をいつ身につけたのだろう。

「ひとりで置いておくのは、俺が不安なんだ」

「海里くん……」

たしかに、生駒さんにあんな執着を見せられ、おまけに友奈の件もあるので、ひとりでいるのは怖い。

「結婚はさすがに……」

「結婚は偽装だ。結婚したと思わせるには一緒に暮らすのが一番だろ。あの男は、それくらいしないとあきらめないぞ。『俺よりこの男がいいのか？』って、なんなんだ、あのバカみたいな自信。勘違いにもほどがある」

海里くんが感じた通り、生駒さんは〝俺が選ばれないわけがない〟という自信に満ちあふれていて、海里くんにけん制された今でも、あきらめていない気がするのが恐ろしい。プライドをずたずたにされた状態で引き下がるとは、どうしても思えないのだ。

「……うん」

また海里くんを頼ってしまうのが申し訳ないけれど、彼の提案通り結婚を装うのが一番効果的かもしれない。

「俺、今ここに住んでるんだけど」

彼はナビを操作して自宅を表示した。

「あれ、今と路線は違うけど、本店にも電車で一本かも」

スマホで素早く路線を調べた彼が漏らす。

「通勤時間もあまり変わらなそう」

検索結果を見せられて、スマホの画面を覗き込む。たしかに海里くんの家から本店までは乗り換えなしで行けるので、今より数分余計にかかるだけのようだ。ただ、怒涛の勢いで物事が決まっていくので、心がついていかない。

「京香」

私の戸惑いに気づいたのか、海里くんが顔を覗き込んでくる。

「はい」

「俺に後悔させないでくれ。京香が万が一にもあの男に傷つけられたら、俺……悔やんでも悔やみきれない」

まさか、そんなふうに思っているとは。

「それに、京香なら新しい場所でもやっていける」

私を信じて力強く言ってくれる彼に、すべてをゆだねる気持ちが固まった。

「心配してくれてありがとう。私……新しい環境にチャレンジしてみる」

安定した場所を失うのが怖いとずっと言っていたら、いつまで経っても成長できない。渡会さんは、私がその気になるまでチーフは置かないでおくと言ってくれているので、決断したら喜んでくれるはずだ。

「それがいい。絶対に俺がサポートするから。悩みは共有しろよ。これは約束だからな」

彼が小指を差し出すので、私も小指を絡めた。

チーフを打診されたときあんなに悩みに悩んだのに、数分で解決してしまった。海里くんの影響力は、すさまじい。

「それじゃあ、泊まりの用意してこい」

「は？」

「俺、明日はヘリだから朝早く出るけど、部屋は自由に使っていいから」

まさか今日から同居しようと？

あたり前の顔をしてさらりと言う彼に驚きすぎて、声も出ない。

「なに驚いてるんだ？　今日が一番一緒にいたほうがいい日だろ」

たしかにその通りだ。ひとりでいたら、生駒さんの顔がちらついて眠れそうにない。

「だからって」

「仕事柄、即断即決できないと困るんだよ。判断を誤って後悔したくない」

友奈のように、なにかあってからでは遅いと言いたいのかもしれない。私も友奈を自宅に呼んでおけばよかったと激しく後悔したので、その気持ちがよくわかった。

「それじゃあ……」

「うん。身の回りの物だけでいいから。貸せるものは貸すし、早めに引っ越ししよう」

即断即決がすぎるとも思うけれど、彼は毎日こんなことの繰り返しなのだろう。

「わかった。よろしくお願いします」

「よろしくね、奥さん」

奥さんと呼ばれて、照れくささのあまり視線を泳がせると、彼はクスッと笑った。

キャリーバッグに身の回りのものを詰め込んで車に再び乗り込み、途中のレストランで夕食を済ませてからやってきた海里くんのマンションは、あまりに立派で驚いた。

「東京より安いから」と彼は笑うが、駅まで徒歩一分のいわゆる〝億ション〟で間違いない。

地下駐車場に車を駐めて、四十五階建てだというそのマンションの四十三階までエレベーターで上がる。そして案内された部屋は広いのひと言だった。

「えぇっ、こんなすごいところにひとりで住んでるの？」

三十畳はありそうなリビングに、立派なオープンのあるL型キッチン。大きな窓にはブラウンのカーテンがかかっていて、室内照明は落としめ。とても落ち着く。

私の家とは違い、物がごちゃごちゃしておらず、モデルルームのようにすっきりしている。大きなテレビとソファ、そしてダイニングテーブルとイスがあるだけで、あとは壁面収納になっているようだ。シンプルイズベストという言葉がぴったりの部屋だった。

「そう。寂しいから、京香が来てくれてちょうどいい」

彼はコンビニエンスストアで購入してきたミネラルウォーターとアイスクリームを、両開きの大きな冷蔵庫に入れながら言う。

「……それにしても、片付いてるね」

「帰ってきても寝るだけだし、物がないかも。あっ、でもベッドだけはいいのを買ってあるぞ。睡眠大事」

睡眠が大事なのは同意だし、ベッドのマットレスはいい物を買えとよく聞く。けれど、私は二万円くらいで購入した脚つきベッドを使っているので、ちょっと興味津々だ。

「適当に座って」

海里くんは私をソファに促して、ミネラルウォーターをコップに注いで出してくれた。

「ありがとう」

「なんでも好きに使っていいぞ。欲しい物があれば遠慮なく言って。そろえるから」

彼も隣に座り、ミネラルウォーターをすごい勢いでごくごくと飲み干した。

「食器はある？」

海里くんに手料理を振る舞いたくて尋ねる。

「ふたりならなんとかなるけど、休みの日に一緒に買いに行こうか」

一緒に行けるんだ。

よくふたりで本屋や雑貨店に足を運んだことを思い出し、そんな日常が戻ってくるのがうれしかった。

けれど、浮かれていてもいいのだろうか。

「ねぇ、結婚って……」

「うちの親は、よく知っての通りだから。京香と結婚するって言ったら大喜びするぞ、多分」

「えっ、夫婦の振りをするだけでしょう？」

綾瀬の両親には本当にお世話になったし、優しくて大好きなので、また会えるものなら会いたい。けれども、夫婦を装うことまで話さなくてもいいのに。

「籍は入れるぞ。挙式もしたいよな。ドレス？　白無垢？　両方でもいいなぁ」

顎に手を添えて勝手にあれこれ考え始めた海里くんに目を瞠る。

「籍？　そこまでしなくても。偽装結婚でしょう？」

「ああいうしつこいやつは、そこまで徹底して対処しておかないと危ない。特にあの男、プライドが高そうだから、今でも俺になびかないなんておかしいと思っていそうだし」

海里くんの言う通りだ。常に周りからちやほやされているから、恋愛に関しても自信満々なのだろう。

「そのうち、〝京香はあの男にだまされている、助けなければ〟とか考えだすはずだ」

「そんな……」

気持ちが悪くて鳥肌が立つ。

「だから、結婚してとびきり幸せなところを見せて、京香は絶対に手に入らない存在だと知らしめないと。籍を入れておけば、警察にも相談しやすいだろうし」

とびきり幸せなところ……。

海里くんが好きな私は、もちろん一緒にいられるのも、かりそめとはいえ妻になれるのもうれしい。でも、これ以上重荷になるのは嫌だ。

「私はよくても、海里くんが困るでしょう?」

高校生のときとは違い、今は心に余裕があるのかもしれないけれど、また重いと言われたら立ち直れない。

『重いんだってさ、京香ちゃんのこと』という恵麻ちゃんの声が今でも耳に残っていて、じわじわ私の心を蝕(むしば)んでくる。あんな宣告、二度とごめんだ。

「別に困らないけど」

「どうして?　海里くんになんのメリットもないじゃない」

幼なじみだから、あんな場面を見て心配しただけだろう。

「メリットか……」

彼はなぜか腰を浮かせて、私にぴったりくっつくように座り直す。その行為になんの意味があるのかわからなかったが、肌が触れてドキドキしてしまった。

「飯」

「ん？」

「俺、自炊にチャレンジしてみたけど、めちゃくちゃまずくて。食生活ひどいんだ。医者の不養生とはよく言ったものだと感心するくらい、偏ってて。俺の健康管理してくれない？　太るとヘリに乗れなくなるし、でも外食ばかりだと太るし。もちろん疲れてるときはいらないから」

まさかドクターの健康管理を任されるとは。

思わぬ願いに、目をぱちくりさせる。

「今日の朝と昼は？」

「朝は、菓子パン。昼はカップ麺」

先ほど、おしゃれなレストランでボリュームのあるハンバーグをぺろりと平らげていたけれど、朝と昼の食事を聞いて納得した。お腹が空いていたに違いない。

「信じられない。こんなマンションに住んでる人の食生活じゃないでしょ、それ」

「疲れてると食べに行くのも億劫だし、デリバリーで注文しておいてオンコールが入ったら困るし」

それだけ仕事に注ぐエネルギーが大きいのだろう。でもやっぱり、自分の体も大切にしてほしい。

「わかった。食事は任せて。緑黄色野菜、食べられるようになった？」

「バカにするなよ。……春菊はちょっとな」

幼い頃は好き嫌いが多くて、よくお母さんに『食べなさい』と叱られていた。食べられるようになったんだと思ったのに、いまだに春菊は無理だなんて意外と子供だ。

ふふふっと笑みをこぼすと、彼がいきなり私の腰を抱くのでひどく驚く。

「笑ったな」

「見た目は立派な大人なのに、かわいいと思って」

「かわいいだ？」

しまった。素直に言いすぎた。

「ごめん」

慌てて謝ると、彼は私の顎に手をかけて自分と向き合わせた。至近距離でまじまじと見つめられると、息がうまくできなくなる。

「かわいいのは京香だ。ちょっと見ない間に、こんなにきれいになりやがって」

「えっ……」

「悪い虫はついてるし……。危なっかしいんだよ」

顔をしかめた彼が強く抱きしめてくるので、瞬きを繰り返す。

「俺がどれだけ心配してたかわかるか？　なんで……なにも言わずに消えたりしたんだ」

私がいなくなってホッとしたんじゃないの？

その一方で、私の両親に顔向けできないと思っていたのかもしれないとも感じる。父と母が亡くなった現場で、『俺が京香の家族になる』と宣言した彼は、約束を破ったと考えていてもおかしくはない。そういう真面目さを持ち合わせている人だから。だから、重くて逃げ出したいと思っていても、私には直接言えなかったのだろう。

「ごめんなさい」

「俺、なにも知らなくて……。助けてやれなくてごめん。京香がいなくなったあと、実家まで売却されたと知って、なんで京香だけが苦しまなくちゃいけないんだって悔しくて。でも、高校生の身分じゃ、できることなんて全然なかった」

余計な負担をかけたことは、申し訳ないのひと言だ。私が謝罪すべきで、彼が後悔すべきことではない。

「せめて、京香みたいにつらい思いをする人が減るようにと救急医を目指し始めたんだけど、肝心のお前が見つからないなんて……」

やはり、あの事故がきっかけで進路変更したようだ。

自分のことのように悩んでくれた彼には、感謝しかない。

「ごめんなさい。吉武のおじさんが、あの家を私に黙って売ってしまって……もう吉武家にいるのは限界だったの」

彼への恋心や、恵麻ちゃんへの嫉妬についてはとても告白できず、おじさんの裏切り行為についてだけ伝えると、彼はまるで自分のことのように顔をしかめる。

「だったら、俺を頼れよ」

そんなことをしたら、海里くんをもっと苦しめる結果になったはずだ。

彼は優しい人だから、自分の気持ちは二の次で私を助けてくれたかもしれない。でも海里くんが好きだから、これ以上彼の重荷になるようなことはしたくなくて逃げたのだ。

「本当にごめんなさい」

私はひたすら謝罪するしかなかった。海里くんが心配するのはわかっていて、なにも言わずに消えたのだから。

けれど、吉武家で蔑まれるのと同じくらい、恵麻ちゃんから海里くんとの惚気話を聞くのがつらかった。

「謝ってほしいわけじゃない。元気でよかった」

吐き出すように言う彼に、どれだけ負担をかけたのだろう。よかれと思って消えたのだけど、間違っていたのだろうか。

「京香。ひとつ約束しろ」

「なに？」

背中に回った彼の手の力が緩んだので少し離れると、海里くんは私に強い視線を送る。

「もう絶対にひとりで突っ走るな」

「……うん」

「歯切れが悪いな」

呼吸を忘れそうになったのは、彼が私の額に自分の額をこつんと当てたからだ。息遣いを感じる距離に、緊張が高まっていく。

「約束しないなら、キスするぞ」

「ち、ちょっ……」

思いきり彼の厚い胸を押し返すと、彼はおかしそうに笑った。

海里くんはちょっとした冗談のつもりなのだろうけれど、彼が好きな私には刺激が強すぎる。

「さて、風呂入ってアイス食おう」

素知らぬ顔をして、海里くんはバスルームに向かう。一方私は、心臓の高鳴りをいつまでも抑えられないでいた。

秘密のキス　Ｓｉｄｅ海里

「なあ、いい式場知らない？」

ヘリ運航のためのブリーフィングと呼ばれる打ち合わせのあと、パイロットの小日向篤人に尋ねた。

俺と同じ三十歳の彼は、この病院のドクターヘリ業務にかかわり始めてまだ間もないけれど、かなり気の合う友人だ。

ドクターヘリに乗るために、大手ＦＪＡ航空のパイロット採用試験の合格を蹴った変わり者。しかしかなり優秀で、全幅の信頼を寄せている。

「式場？」

「結婚式場」

「結婚するのか？」

「そう」

八時半を過ぎ、スタンバイという出動要請を待つ時間に突入し、医療器材の確認をしながら淡々と語ると、小日向は目を丸くした。

「今日は嵐だなぁ」

「快晴だろ、快晴」

京香との婚約を祝ってくれるかのようないい天気だ。

「綾瀬、結婚に興味ないって話してたじゃないか」

「結婚に興味がないんじゃなくて、あいつ以外には興味がないんだよ」

小日向とはあれこれ相談し合う仲だ。だから口を滑らせてしまった。

「そんな存在がいたとは聞いてないぞ。それで、あいつとは？」

にやにやしながら聞いてくる彼は、女性に見向きもしない俺を心配していた。しかし、どれだけ捜しても見つからなかった京香のことは、彼にも打ち明けてはいなかったので、驚くのも無理はない。

「大切なやつだ」

「随分一途な発言だな」

「お前だってそうだろ」

小日向も訳ありの恋をしているけれど、とにかく彼女のことしか見えていない。それと同じだ。

「まあ、お互いさまということで。式場はお薦めのところが――」

――ピピピッピピピッ。

そのとき、ドクターヘリチームのスタッフが持つ無線機が鳴りだした。

『ドクターヘリ、エンジンスタート』

CSの遠野から指令が下る。

「小日向、行くぞ」

「了解」

小日向はすさまじい勢いで駆け出していき、俺は医療用ガウンを片手に次の情報に耳を傾けた。


その日は出動が五回と多めで、クルーにも疲労の色がにじむ。

京香が気になっていたものの、昼食をとる暇もなく、電話できなかった。

ドクターヘリが運航できるのは日没の三十分前までと決められており、今日は十八時十二分までだ。

今日ラストの交通事故現場への出動では、俺がヘリに同乗してひとりはUターン搬送できたものの時間切れとなり、軽傷者は後輩の安西が救急車で近くの病院へと運んだ。

ヘリが飛べない時間に突入した場合、医師は公共交通機関を使って病院に戻るため、救急車で搬送されてきた心筋梗塞の患者の処置を手伝いながら安西を待った。

「お疲れさまです」

時計の針が十九時四十分を指そうかという頃、汗をかきながら安西が戻ってきた。この時季は日が落ちてもまだまだ暑い。

「お疲れ。早速だけど、麻薬片づけてデブリーフィングやるぞ」

俺たちフライトドクターは、傷病者の鎮痛や鎮静に使う麻薬を常に身につけている。紛失したら大変なことになるので、フライトナースとともに朝、鍵のかかった薬品庫から取り出して、業務が終わったら戻すのだ。

それが終わったら最後の締め。CSの遠野も含めて今日の反省をして、明日からの業務に生かす。

「それじゃあ、業務終了。お疲れさまでした」

俺が締めると、全員の顔から緊張が抜けて、少しおかしかった。

残って処置を手伝うこともあるが、緊急を要する患者もおらず、俺はすぐさま病院を出た。

安西が戻ってくるのを待ったため、現在二十時十分。車に飛び乗り、スマホを確認するも、京香からの連絡はない。仕事中なら迷惑だろうと連絡を控えたものの、そわそわして落ち着かない。

店は十九時半閉店らしいが、それから残って後輩の指導にあたる日もあるとか。俺たちもなかなか過酷な仕事だが、美容師も体力が必要なのだと知った。

また生駒が来ていたらと、心配でたまらない。もちろんオーナーの渡会さんが目を光らせてくれているはずだ。しかし、婚約を宣言してあの男のプライドをズタズタに切り裂いた自覚はあるので、その報復にやってくるという可能性も少なからずあると思ったのだ。

「余計なことをしたのかな、俺」

車を走らせながら反省をする。

あのときは、京香を守らなければという気持ちしかなかった。決まった相手がいればあきらめるだろうと踏んだのだが、世の中、理解できない行動をとる輩もいるのが現実だ。

俺がこんなに落ち込んでいるのは、今日の四度目のフライトが、不倫相手に刺された女性の搬送だったからだ。刺したのは相手の男性。しかも彼のほうが既婚者で、女性から別れを告げられて逆上したという理解しがたい事件だった。

焦りながらマンションに帰ると、思いがけず部屋の照明がついていたのでテンションが上がる。

「京香?」

玄関で叫ぶと、エプロン姿の京香がリビングのドアから顔を出した。

「おかえりなさい」

彼女にこうして出迎えてもらえる日が来るとは。

手を尽くして捜していたのにまったく消息不明で、京香は俺に会いたくないのかもしれないと諦めかけていたのだ。

けれど、長年望んだ光景を目の当たりにして、喜びがこみ上げてくる。

偽装結婚だなんて口にしたけれど、俺はもちろん本物の夫婦になるつもりだ。

もう二度と逃げられたくない。どうして俺の前から去ったのかきちんと知ったうえで、反省すべきことはしっかり直して、京香の隣にいても許される人間になる。そして、改めてプロポーズしたい。

なりふり構っていられないほど、彼女が欲しいのだ。生涯をともにするのは、京香しか考えられない。彼女ほど隣にいて心安らげる女性はいないのだから。

「ただいま」

爆発しそうな喜びを抑えて、平静を装い近づいていく。食事を作ってくれていたようで、開いたドアの向こうからは肉の焼けるいい匂いがした。

「早かったんだね。連絡くれればよかったのに」

京香からのメッセージをひたすら待っていた俺は、ついそう漏らしてしまった。

「ごめん。仕事が忙しいと思って。大変な患者さんを診てるのに、私のことなんかで気を散らしてほしくないから」

バカだな。連絡がないほうがそわそわするんだよ。

それに『私のことなんか』じゃない。俺にとって京香はとても大切な存在なのに。

でも、俺も彼女の仕事の邪魔をしたくないとメッセージを控えたのだから、同じだ。

彼女に嫌われたくないばかりに、珍しく腰が引けている。

「個人のスマホは持ち歩いてないから、いつでも問題ない。京香は……」

「私もスタッフルームに置いてあるから、いつでも連絡して」

そんなふうに言われたら、時間があればすぐにメッセージを送ってしまいそうだ。

さすがに重いのでしないけど。

俺がずっと京香を想い続けていたなんて告白したら、きっと重すぎて引かれるに違いない。彼女の両親が亡くなり『家族になる』と宣言したのも、〝家族みたいな存在になる〟ということではなく、〝結婚して本当の家族になる〟という意味だったのだから。

「そっか。それじゃあ、店を出るときに連絡するね。知っておいてもらえると、私も安心」

はにかむ彼女がかわいくてたまらず、キスしたくなる。しかし、焦って手を出して逃げられるのだけはごめんだ。俺は必死にポーカーフェイスを貫いた。

「今日、なにもなかった?」

抱きしめたい気持ちをひた隠し、リビングに足を踏み入れる。

「うん。お客さまのお見送りのときも、ひとりでは外に出ないように気をつけてたし、仕事終わりの後輩の指導も免除してもらって早く帰れたの。渡会さんが、生駒さんの事務所に抗議してくれたみたいで、マネージャーさんが飛んできて謝ってくれた」

「そうか」

本人ではなくマネージャーというのが気に食わないが、本人と接触させるのも不愉快だ。

「女優さんだと写真に撮られやすいから、スタッフばかり狙ってるんだって。それだけで本気じゃないってわかるよね。事務所もお手上げみたい」

たしかに、写真に撮られにくいという理由で選んだ相手を、本気で恋愛対象にしているとは思えない。俺は世界中の人間に、京香が妻だと自慢したいくらいだから。

「あのナンパ男。いっそ写真に撮られて、イメージが落ちればいいのに」

つい本音があふれると、京香はクスッと笑う。

「でも、京香とはだめだぞ。お前にはもう指一本触れさせない」

仕事が忙しく、四六時中そばにはいられないのが残念だ。しかし、その気持ちは本当だった。

「ありがとう」

「食事、作ってくれたんだね」

「お世話になって申し訳ないから、今日はちょっと奮発したの。近くのスーパーのお肉屋さんにおいしそうなお肉があって、和風ステーキにしてみました。お腹空いてるよね？」

「昼を食べ損ねたからぺこぺこ。だけど、お世話になってるなんて言わないでくれ。俺たちは夫婦になるんだぞ」

あの男から守るためにと結婚を持ち出したので引け目を感じているようだけれど、俺はこの同棲生活がうれしくてたまらないのに。

「……そう、だね」

このくらいのことで頬を赤く染めて照れている様子の京香は、あの頃と変わらず純粋だ。

「生活費もあとで渡すよ。お部屋借りてるし」

「そんな、いいよ。お部屋借りてるし」

そう言いながら、京香が目を不自然にそらしたのは、昨晩同じベッドで寝たからかもしれない。

客用の布団がないと知り、それならソファで寝ると言って聞かない彼女を強引に寝室に連れていき、布団をかけたのだ。

もちろんなにもなかったけれど、ダブルベッドの端のほうで小さくなっていた彼女が、眠りに落ちたあと寝返りを打って俺にぴたりとくっついてきたのが、とにかくうれしかった。

小学校低学年くらいの頃、どちらかの家で遊び疲れて寝てしまうことがしばしばあった。そうすると決まって手をつないで寝ていたのだが、それを思い出してほっこりした。……と同時に悶々ともした。京香の桜色の唇にキスしたくなって、必死にこらえたからだ。

「部屋は余ってるんだから気にするな。むしろ、京香がいてくれるとホッとする。仕事でギスギスしていた心が、穏やかになるっていうか」

命を預かる仕事をしていると、なかなか緊張が抜けない。何人も命を落とすような凄惨な事故現場に遭遇したときは特にだ。

しかし、なにがあろうとも次のフライトまでに心を立て直さなければならない。それがうまくできないときもあるのだけれど、京香の顔を見るだけでホッとできるし、心の傷が修復されていく。

「そっか。よかった。……実は私も。昨日、あんなことがあって怖くて仕事に行けなくなったらどうしようと不安だったの。でも、海里くんがいてくれると思ったら、全然怖くなかった」

「京香……」

あまりにうれしい言葉に、思わず彼女の手を握ってしまった。京香はそれを振りほどいたりはせず、恥ずかしそうにうつむく。

彼女への恋心を明かしてしまいたい。でも、時期尚早だとこらえる。離れていた時間はあまりに長い。それを埋めてからだ。

「ご飯にしよ。私もお腹空いた」

恥ずかしさに耐えられなくなったのか、京香は俺と視線を合わせることなく、キッチンに行った。

テーブルに並んだのは、大きな和風ステーキと具だくさんの味噌汁。それと、子供の頃からの俺の大好物、ポテトサラダだ。

「お味噌汁はまだあるんだけど、ちょっと足りない？　私のステーキも食べる？」

「十分だ。こんな豪華な夕食、久しぶり」

時折、小日向と夕食を食べに行くこともあるが、今日のように遅くなる日も多いし、俺は夜勤もあるためなかなか行けない。

「よかった」

「いただきます」

早速ステーキを頬張ると、京香がじっと見ている。

「どう、かな？」

「うまいね。わさびが利いてる」

「そう。このソースお気に入りなの。海里くんも好きでよかった」

彼女はほっとしたような様子で、ようやく自分も食べ始めた。

「京香、料理うまいんだね」

味噌汁もちょうどいい塩加減だ。

「吉武の家では私の仕事だった……なんでもない」

京香はしまったという顔をして黙り込んでしまう。

「京香がいなくなって、吉武家の周辺を捜してたとき、近所の人に家政婦みたいに使われてたって聞いたんだけど……」

やはり本当だったのだろう。

「面倒見てもらってたからしょうがないよ」

完全に箸が止まった京香は、テーブルに視線を落とした。

「面倒見てもらってたって……。もう京香は身の回りのことは自分でできただろ？学費や生活費だって、遺産があったはずだ」

遺産相続に関する手続きを当時中学生だった京香がするのは難しく、俺の両親が弁護士に相談したところ、隣町に住んでいた遠縁の親戚が未成年後見人に選ばれた。そのとき、京香の将来を心配する俺の両親に、弁護士が『ご両親はしっかりお金を残してくださっていますから、大丈夫ですよ』と話していた。

「そう、だけど。急に転がり込んだんだから、邪魔に決まってる」

吉武家から高校に通っていた頃も、京香はいつも明るく、笑顔を絶やさなかった。

だから、新しい生活に大きな問題はないのだろうと思い込んでいたのだが、違ったのだ。きっと心配をかけまいとそう振る舞っていたに違いない。

同じ高校に通い、常に京香を見ていたつもりだったのに、それに気づけなかった俺は幼なじみ失格だ。

「ごめん。俺があのとき気づいてやれば……」

「どうして謝るの？　海里くんのせいじゃないよ。冷めちゃうから食べよ」

京香は気持ちを切り替えるように愛くるしい笑顔を振りまき、再び箸を動かし始めた。

あの頃のことは、いつか全部聞き出さなければと思っているが、彼女の心の傷になっているのなら慎重に進めなければならない。

俺は一旦その話をやめ、味噌汁を口に運んだ。

「そうだ。千葉店の話、渡会さんにしてみたの。そうしたら『待ってたぞ』と言われて……」

「それじゃあ、移れるんだな」

少し強引に誘ってしまったと思っていたものの、京香の表情は明るい。

「うん。もう今の店舗での新しい予約は受けないことになったし、ほかの人に任せられそうなお客さまには、スタイリストの交代をお願いし始めてる。……実は、私が千葉店に興味があったのは、スタイリストとして認めてもらえたからだけじゃないの」

「それじゃあ、なに？」

「千葉店は、近隣の病院と訪問美容の契約を結ぶことになっていて、海里くんの病院もそのうちのひとつなんだよ」

「訪問美容？」

　初めて聞く言葉に、首をひねる。

「美容師は、保健所から認可を受けた場所でしか施術できない決まりがあるの。でも、病気や高齢といった理由があれば出張が許されていて、病院に赴いてカットやメイクができる。渡会さんの妹さんが車いすを使ってて、渡会さん、ずっとそういう活動がしたかったんだって。その第一歩が千葉店なの」

　あのオーナーもなかなかやるな。

「それは、長く入院してる人には朗報だ。メイクには抗鬱効果があったり、認知機能の低下抑制になったりすると聞いたことがある。髪型を整えるのもそうだろう」

「うん。私、その責任者をやらせてもらうことになった。だから、病院にもお邪魔するね」

医師と美容師。まったく異なる職業だけれど、同じ場所で働けるとは思わなかった。

「大歓迎だ。来る日は教えて」

小日向や、身近な人に紹介したい。

「そうする」

京香の生き生きとした笑顔が見られてよかった。

高校を中退して美容師になり、オーナーから期待されるようになるまでに、俺には想像できないような苦労があったはずだ。それでも前を向いている彼女が、まぶしくてたまらない。

京香は小さい頃からそうだった。なにに関しても前向きで、なにより両親の喜ぶ顔が大好きだった彼女は、勉強もスポーツも目いっぱい頑張っていた。

それに、俺がいたずらをして母にこっぴどく叱られたときは、いつの間にか隣にいてそっと手を握ってくれた。しばらくして気持ちが落ち着くと、『ごめんねしに行こう』と、どちらが年上かわからないような言葉を口にして、一緒に頭まで下げてくれるような優しい女の子だったのだ。

それを知っているからこそ、俺の父や母は京香に冷たく当たった吉武家の人に対して、今でも怒りを抱いている。

早く、両親に結婚を報告したい。間違いなく喜ぶはずだ。

京香が風呂に入っている間、ソファでくつろいでいると、小日向からメッセージが届いた。

【和と洋、どっちが希望？】という言葉とともに添えられていた写真は、ひとつは森の中の素朴で落ち着いた雰囲気の教会、もうひとつは縁結びの神さまを祀っている神社だった。

式場について尋ねたから、調べてくれたのだろう。いや、以前から知っていたのかも。

「選べないよな」

ドレスも和装も、京香ならどちらでも似合うから。

しかしさすがに店を替わってバタバタする時期に、結婚式のことまで考えさせるのは酷だ。それに、挙式はできれば心を通わせてからがいい。

物音がして京香が風呂を出たとわかった俺は、スマホを閉じた。京香と入れ替わりに入浴するために、立ち上がる。

彼女は気づいているだろうか。風呂上がりのほんのり頬が赤く染まった姿が、どれだけ魅力的なのかを。

高校生の頃とは違う大人の色香を身につけた京香は、俺にとっては少々刺激が強い。

しかし、どうしても目で追ってしまう。

「やばいな」

「なんか言った？」

「なんでもない。風呂、入ってくる」

キッチンでミネラルウォーターを喉に送る姿に欲情しているなんて知られたくない。

俺は素知らぬ顔をして、バスルームに向かった。

風呂から出てリビングに戻ってくると、京香がソファで眠っていた。

「疲れてるよな」

こんなに細い体で、毎日遅くまで働いて。オーナーに認められているくらいなのだから、これまでの努力もすさまじかったに違いない。

「ベッドで寝ないと風邪ひくぞ」

小声で声をかけたが、ぐっすり眠っていて反応しない。

俺は彼女をベッドに運ぶことにした。

「ん……海里、くん？」

「そのまま寝てろ」

「うん」

抱き上げた瞬間、彼女は気づいてまぶたを開いたものの、素直に再び眠りに落ちる。恥ずかしがりそうなものなのに、俺のパジャマまで強くつかむありさまだ。寝ぼけているのかもしれない。

とはいえ警戒心も見られず、俺を信じてくれているのがうれしいとともに、彼女に邪な気持ちを抱いている自分が恥ずかしくもなった。

「しょうがないよな。こんな……」

ベッドに寝かせた京香のパジャマの首元から、みずみずしい白い肌がよく見えて、たまらない。

毎晩のように顔を思い浮かべた最愛の人が目の前にいて、無防備に眠っているというシチュエーションに耐えられる男がいるだろうか。

俺も隣に潜り込み、京香の寝顔をまじまじと見つめる。

「早く堕ちろよ、俺に」

こっそりつぶやき、我慢できずに額に唇を押しつけると、彼女が身じろぎしたのでひどく焦った。

期待させないで

海里くんとの生活は、なんの心配も違和感もなくうまくいっている。

生駒さんはドラマの撮影が忙しいのか、事務所でこってり絞られたのか、はたまた私が結婚すると聞いて興味をなくしたのか……あれから姿を見せない。とはいえ、まだ油断は禁物だ。

海里くんと離れていた時間は長いけれど、一緒に過ごした時間も同じように長い。そのせいか、会話も以前のように弾むし、彼にも笑顔が絶えなかった。

ただ、なにかの拍子に触れる手とか、私を見つめる彼の切れ長の目とか……なにもかも、私が知っている海里くんよりずっと大人の色香を漂わせていて、それに気づくたびにいちいちドキドキしている。

けれど、生駒さんから守るために夫婦にまでなってくれる彼にそれを気づかれてはまずいと、なんでもない顔をしていた。

ところが、同じベッドで寝ることを提案されたときだけは別。海里くんは『よく手をつないで寝てたじゃないか』なんてのんきな発言をしていたのだが、彼に恋心を抱いている私は、さすがに冷静ではいられなかった。

ソファで寝ると言っても却下され、なかば強引に同じベッドに寝かされたときは、たとえ大きなベッドとはいえ、心臓が口から出てきそうなほど緊張した。

でも、彼が隣にいるだけで心強い。頼れる場所があると思うと、気が抜けもした。

吉武家を出てから、生きていくのは簡単じゃなかった。渡会さんが拾ってくれなければ、今頃どうなっていたかわからない。

ひとりで生きていくための努力は惜しまなかったつもりだ。必死に学び、アシスタント時代は自主練習の嵐。そのおかげか、渡会さんに期待してもらえるまでになったものの、走り続けるのがしんどくもあった。

そんな中再会した海里くんの腕の中は、春の陽だまりのような温かさがあり、ホッとして久しぶりに息がまともに吸えたのだった。


海里くんの家で暮らし始めてから十日。

ふたりの休みがそろった日に、彼の実家を訪ねることになった。

「ねぇ、本当に結婚するの？」

海里くんが運転する車の助手席で尋ねると、あきれ顔をしている。

「何回聞くんだよ。する。アクアの人たちも、そう思ってるだろ？」

私はうなずいた。

たしかに、渡会さんが皆の前で私の婚約を発表したので、盛大な拍手をもらってしまった。今さら引くに引けない状態ではある。

「でも、戸籍に傷がついちゃうでしょう？」

私は海里くんと夫婦になれたら最高だけれど、彼が結婚してくれるのは私を生駒さんから守るため。私のために戸籍を汚さなくたっていいのに。

「つけなきゃいいだろ」

「ん？」

どういう意味？

「京香は、少しわがままになったほうがいい。俺の妻でいる間は、もっと気持ちを緩めて好きなように生きてごらん。失敗したら俺がフォローするし、泣きたければ胸を貸してやる。もちろんうれしいときは、ふたりでお祝いだ」

千葉店に異動するにあたり、本店でお客さまを担当しながら、訪問美容に必要な申請をしたり、道具を発注したりといった準備も少しずつ始めている。

新しい一歩を踏み出すのは、ワクワクもするし緊張もする。そんな私の気持ちをわかっているかのようだ。

「ごめんね」

「なにが？」

「私、海里くんの前でも疲れた顔してるでしょ。気をつける」

責任者に指名されて、プレッシャーに押しつぶされそうになっているのは否定しない。

「だから、聞いてた？　昔みたいに喜怒哀楽を爆発させろと言ったんだ。疲れたときはブスッとしてていいし、泣きたかったら鼻水たらして泣いてもいい。とにかく、今のお前は心がガチガチに緊張してる。全部俺に任せて、なにも我慢するな」

「鼻水は嫌」

なんとなく照れくさくてそんなふうに返したものの、彼の気持ちがありがたかった。

人でなし発言から始まり、居候させてもらい偽装結婚まで。せっかく再会できたのに、一方的に迷惑かけ通しだと申し訳なくて、できるだけ笑顔でいようと決めていたけれど、それすら見透かされている気がする。

「それじゃあ、よだれにするか？」

「たらしません！」

そうやって茶化してくれる彼が好きだ。落ち込む私を、一瞬で前向きにしてくれる。

「でも、困ったら海里くんに相談する」

「おう、約束だぞ」

彼は前を見据えたまま、優しく微笑んだ。


海里くんの実家が見えてくると、私が両親と暮らした家も視界に入った。売却されてからここを訪れるのは初めてで、胸に込み上げてくるものがある。父や母の笑顔が頭をよぎり、視界がにじんだ。

すると海里くんが手を伸ばしてきて、励ますように私の頭をガシガシ撫でる。少し乱暴な撫で方ではあったけれど、〝俺がいるだろ〟というような心の声まで聞こえた気がして、心強かった。

綾瀬家は、昔とまったく変わらない。庭にはオレンジや白のカザニア、そして真っ赤なサルビアが競うように花を開かせていて、私の目を楽しませてくれる。

ガレージに車を駐めて降りると、おばさんがすごい勢いで駆けてきて私を抱きしめるので、驚いた。

「元気でよかった。助けてあげられなくてごめんね」

開口一番、私への謝罪の言葉に、目頭が熱くなる。

隣に住んでいて親しかっただけなのに、両親の死後、十分すぎるほど手を貸してくれた。謝ってもらう必要なんてどこにもない。

「ずっと連絡しなくて、ごめんなさい。……ごめんなさい」

私が姿を消せば、綾瀬家の人たちの記憶から消えていくとばかり思っていたのに、いまだこんなふうに迎えてもらえるのがありがたくてたまらなかった。

「いいの。大変だったわよね。家だって勝手に……。もっと手を貸してあげられたらよかった」

海里くんから聞いたのか、実家が私の承諾もなしに売られてしまったことまで知っているようだ。

未成年後見人は財産を処分できる権利を持つが、処分の必要性や未成年者の財産の総額などを検討し、必要最小限でという条件がつく。吉武のおじさんは、私に十分な遺産があったのにもかかわらず、私の生活費や進学費用のためと理由をつけて勝手に売却した。そして、かなりの額を自分の懐に入れてギャンブルの借金返済に使ったのだ。

「おじさんやおばさんのせいじゃありません。私が弱かったんです」

「そんなわけないでしょう？　京香ちゃんは高校生だったのよ。ご両親が亡くなって、ただでさえぼろぼろになっているのに、弁護士を雇って後見人と対立するなんて、無理に決まってる」

あのとき、吉武家に毅然と立ち向かっていれば、違う未来があったのかもしれない。しかし、おばさんの言う通り、両親を突然失い悲しみのどん底にいた私に、知恵を働かせて闘いに挑む気力など残ってはいなかった。怒って抗議するので精いっぱいだった。

「でも、お隣さんいい人なのよ。家も大事に使ってくれているわ」

「よかった」

思い出がいっぱい詰まった場所を大切にしてもらえるのは、せめてもの救いだ。

「お母さん、家に上がってもらいなさい」

おじさんもやってきて、目尻のしわを深くしながら微笑んでくれる。鼻筋の通った凛々しい顔は、海里くんとそっくりだ。しかし白髪が増えていて、流れた年月の長さを思わせた。

おばさんは、胸のあたりまであった髪を長めのボブに変えており、昔とは違った雰囲気だ。丸顔のおばさんには、今の髪型がよく似合う。

「おじさん、ご無沙汰してすみません」

「元気な姿が見られてよかった。おかえり」

まさか『おかえり』と言われるとは。胸がいっぱいだ。

海里くんとよく一緒に遊んだリビングで、おばさんが作ってくれたたくさんの料理を四人で囲みながら話が弾む。

「それで、結婚するから」

——ゴホッ。

世間話でもするかのようにさらっと結婚について伝える海里くんに驚き、飲んでいたお茶でむせてしまった。

「大丈夫か」

「だ、大丈夫だけど……」

私の背中をさすってくれる海里くんは、焦る私とは対照的に平然としている。

「お前はいつもそうなんだ。医学部に行くと言いだしたときも、なんの前触れもなくいきなりだったし」

おじさんも少々あきれている。

「でも、京香ちゃんとの結婚は大賛成だ」

「おじさん……」

「私ももちろん賛成よ。やっと家族になれるのね」

おばさんが感慨深げにそう漏らしたとき、やはり海里くんは、私の両親の前での『俺が京香の家族になる』という誓いにとらわれているのではないかと感じた。生駒さんをけん制する意味ももちろんあるだろうけれど、もしかしたら誓いの比重のほうが大きいのではないかと。

だとしたら、海里くんにとんでもない犠牲を払わせている。

彼が好きな私にとっては、この結婚は喜ばしいものでしかないけれど、彼の人生を縛りたいわけではないのだ。

しかし、もちろん笑顔は崩さない。これほど歓迎してもらえているのだから。

「ありがとうございます。ふつつか者ですが——」

「ふつつかなのは、海里だから。本当にあなたは、いつ連絡してもメールのひとつも返しもしないし」

「俺の説教はいいよ」

おばさんの苦言に眉をひそめる海里くんは、苦笑している。

「これからは京香ちゃんに連絡するから」

「はい、よろしくお願いします」

責任を果たすために私と結婚しようとしている海里くんには悪いけど、再び綾瀬家とつながれるのはうれしい。実家と同じように、この家にも思い出がいっぱい詰まっているから。

そのあとは、お腹がはちきれそうになるまで料理を堪能して、私の仕事の話や海里くんの近況などで盛り上がった。

帰るときには、また見送りに出てくれた。

「お父さん、お母さん……とお呼びしてもいいですか?」

照れくさかったけれど思いきって伝えると、お母さんは満面の笑みでうなずき、手を握ってくれる。

「もちろん、うれしいわ。けんかしたらすぐにいらっしゃい。海里に雷落とすから」

「俺が悪いのは決定か」

海里くんはそんなふうに不貞腐れながらも、笑みをこぼす。

第二の実家のような綾瀬家は、相変わらず温かい場所だった。

私たちはその足で、役所に婚姻届を提出した。綾瀬の両親に証人になってもらったのだ。

本当にいいのだろうかというためらいが残ってはいるけれど、いつか別れのときが来るとしても、今は海里くんのそばにいたい。

綾瀬家を訪問して、そんな気持ちがさらに大きく膨らみ、海里くんに甘えることにした。

スーパーに寄り、ふたりであれこれ言いながら大量の食品を買い込んでから帰宅すると、ソファに座る海里くんが私を手招きする。

「はい」

「なに?」

彼は左手を出すものの、なにがしたいのかさっぱりわからない。

「手」

「手?」

手を出せということらしく、右手を彼の手に重ねた。

「左手がいいかな」

「左?」

なにが始まるのだろうと思いつつ左手に替える。幼い頃は手をつなぐのがあたり前だったのに、こうしてちょっと触れるだけでも恥ずかしくてたまらない。

私が左手をのせると、彼はポケットからなにかを取り出した。

「えっ？」

海里くんが取り出したのは、プラチナの指輪だ。それを私の薬指に差し入れるので、目を丸くする。

しかも、満足そうに微笑む彼の左手薬指にも、いつの間にかおそろいの指輪が収まっていた。

「どうしたの、これ」

「夫婦なんだから、必要だろ？」

そういえば三日前に、別のフライトドクターとシフトを交代したとかで、一日お休みがあった。私は仕事だったのだが、あの日に買いに行ったのかも。

「魔よけ」

「魔よけ？」

「違った、虫よけだ」

魔よけ発言に噴き出したものの、きっと生駒さん対策ということだろう。結婚指輪まで用意してくれる彼に、感謝しかない。

「ありがとう。すごくうれしい」

思わず本音があふれてしまい、しまったと思ったけれど、彼は気にしている様子もない。

これが偽装ではなく、本当の結婚だったらいいのに。

でもやっぱり、責任感が強すぎる彼を私の都合で縛るわけにはいかない。近い将来、ただの幼なじみに戻るときが来るとしても、今はこの幸せに浸っていたい。

「私、なんにも返せないや」

「髪、切ってくれるんだろ?」

「それはもちろん」

予約のあの日は切れずじまいで、その後もバタバタしていて切れていない。

「それに、患者さんを笑顔にしてくれるんだろ?」

「えっ? ……うん、そのつもり」

「俺がかかわるのは急性期だけだから、患者さんは俺の顔なんて覚えてもいない。だけど、病棟から無事に退院できたと聞くとすごくうれしいし、誇らしい気持ちになるんだ。ひどいけがや病気をしたあとは、皆不安でいっぱいだ。そんな患者さんを元気にしてくれるんだから、それで十分だよ」

海里くんの医師としての熱い信念に、深く共感する。

フライトドクターは、現場で命を救う大切な処置を施したとしても、ほかの病院に傷病者を引き継いで終わるケースが多いと聞いた。

フライトドクターにとって大切なのは、いち早く傷病者に接触して生存率を上げ、その後は仲間の医師を信じて託し、次の要請にすぐに応えられるようにすることなのだとか。だから、彼を知らないまま退院していく人も多いのだろう。

「そっか。頑張るよ。そういえば友奈が、私たちの結婚を聞いてすごくびっくりしてた。人でなし婚とか言って……」

「人でなし婚って」

海里くんはおかしそうに体を震わせて笑う。

先日電話で、ずっと好きだった人と結婚すると報告したら、けがが悪化するのではないかと心配するほど興奮して、喜んでくれた。

しかも、トリアージをしたのがその人だったと話したら、そう茶化されたのだ。

「海里くんにすごく感謝してたよ。元彼のことも、助けてくれてありがとうって。復縁するつもりはないけど、生きていてくれてよかったって」

あのとき、友奈の火傷に取り乱した私は、そこまで考えられなかった。

「そうか。人でなしも役に立ったな」

「反省してます」

改めて謝ると、彼は笑いながら首を横に振っている。

「冗談。京香の反応が普通だから。俺だって……もし京香が目の前で苦しんでたら、重症かどうかなんて関係なく京香をヘリに乗せろと叫ぶ。フライトドクター失格だとわかっていても」

この言葉が、海里くんの優しさから出ているとわかっている。けれど、すごく救われた。

「……うん」

懐の深い彼に、いつもこうして助けられてばかりだ。これから私になにができるのかまだわからないけれど、精いっぱい恩返しをしたい。

「なあ、髪は家でも切れる？」

「今からでも切れるよ。シャンプーは自分でお願いできる？」

「シャンプーもしてくれたらいいだろ」

「だって、シャンプー台はないもの」

いたって真面目に答えると、彼はいたずらを思いついた少年のような顔をする。

「一緒に風呂に入れば解決だ」

「は？」

目が点になるようなことを言われて軽く固まっていると、いきなり腰を抱かれて心臓が跳ねる。

「だって俺たち、夫婦だろ？」

耳元で妙に甘い声でささやかれて、腰が抜けそうになった。

「えぇえっ」

「冗談だ。かわいいな、お前」

どうやら私をからかって面白がっているらしい。

少し触れられるだけでドキドキするのだから、これ以上はやめてほしい。いつか心臓が止まってしまいそうだ。

「顔、真っ赤だぞ。俺の裸、想像した？」

「し、しません！」

思いきり彼の体を押して離れたものの、恥ずかしすぎて視線を合わせることすらできない。

「なんだ。俺は京香の体の隅々まで想像したけどね」

それが冗談だとわかっていても、とどめを刺されて、顔から火を噴きそうなほど全身が火照りだした。

「もう！　坊主がお好み？」

「それは勘弁。かっこよくしてくれ。あと、頑張らなくてもそこそこ決まる髪型希望」

甘いマスクを持つ彼は、少々髪型が決まっていなくたって問題なさそうだ。

ただ、もうどんな髪型にするかは決めている。

玄関に置いてあった大きな鏡をリビングに持ち込んで切り始めると、彼が鏡越しにじっと私を見ているので、目が合った。

「心配？」

任せるなんて言いながら、おかしな髪型にされないか疑っているのではないかと思い、手を止めて尋ねると、彼はふと頬を緩める。

「心配だ。奥さんにあの男とは別の変な虫がついたらむかつく」

「なんの話？」

奥さんと言われてドキッとした私は、彼の後頭部に視線を移して尋ねた。

「はさみを入れてるときの自分の顔、見たことある？」

「そんなのないよ」

手元を見ていなければならないので、鏡を見るときははさみを動かしていないのが普通だ。

「真剣なまなざしに、プロとしての自信みたいなものがあふれてて、本当にきれいだ。高校生のときのあどけなさが抜けて……俺の知らない京香がいる」

それを言うなら、彼のほうだ。失言はしたけれど、火事の現場で冷静にトリアージして周囲に指示を飛ばし、ためらうことなく処置をしていた彼が、どれだけ大人に見えたか。まさに、私の知らない海里くんだった。

とはいえ、〝きれい〟と言われては、それがたとえ冗談でも期待してしまう。私を幼なじみではなく、少しは異性として意識してくれないだろうかと。

なんと返したらいいのかわからず放心していると、彼がクスッと笑みをこぼす。

「照れてる？」

「違うよ」

「でも、顔赤いぞ」

余計な観察はしないでほしい。

「海里くんが、急に褒めたりするからよ」

これ以上動揺を悟られまいと、再びはさみを動かし始めた。

「本当のことだから仕方ないだろ」

そうやって私の心をもてあそばないで。ずっと海里くんしか眼中になかった私は、
些細なことで気持ちが大きく揺れるのだから。

「あっ」

「なに、切りすぎた？」

「なんでもないよ。冗談」

私をどぎまぎさせたお返しだ。

「そういういたずらをすると」

怒った？

鏡に映る海里くんの顔が険しくて、しまったと慌てた。

一旦はさみを入れる手を止めると、その手を海里くんに握られてひどく驚く。

力強く私を引きつけた彼は、強い視線で見つめたまま口を開いた。

「キスするぞ」

彼の唇まであと数センチまで引き寄せられて、酸素が肺に入ってこなくなる。

「京香って、キスは目を開けたままする派？」

「キ、キスなんてしたことな……」

なにを正直に告白しているのだろうと我に返って言葉を止めると、海里くんは目を見開いたあと、なぜかうれしそうに微笑んだ。

「そうか、まだファーストキスの権利が残ってるのか」

この歳になって、キスのひとつもしたことがないことを笑われるかと思ったのに、笑うどころか真剣な表情をしている。

「じょ、冗談だから」

海里くんをひたすら想っていたとは知られたくなくて、冗談で済まそうとしたのに、彼は真摯な表情を崩さない。

「キスの経験がないのはどうして?」

しかも、鋭い質問をされて目が不自然に泳ぐ。

「……どうしてって。失礼ね。もてなかっただけよ。続けるね」

「京香」

もうこれ以上心の中を覗かれたくなくてカットを続けようとすると、品のあるバリトンボイスで名前を呼ばれて、手が止まる。

「もてないわけないだろ。現にあの男にだって……」

「好きじゃない人にもてたって、意味がないでしょ」

「それって……」

生駒さんのことに言及されて、むきになって言い返してしまった。しかしこれでは、好きな人がいると告白したようなものだ。

海里くんに心を乱されて、動揺を隠せない。

「もう、本気で坊主にするよ」

「それは勘弁」

彼はおどけて言ったものの、目は笑っていなかった。

カットは三十分ほどで終わった。

任せると言われてから、何度も彼に似合いそうな髪型を考えた。でも、高校時代の姿しか頭に浮かばなくなり、あの頃と同じように、襟足をすっきりさせて、前髪は長めでセンターパートに仕上げた。

彼ならどんな髪型でもさわやかな好青年に仕上がるのだが、やはりこの髪型は格別だ。

「どう？」

合わせ鏡でうしろも見せると、彼はうんうんとうなずいている。

「さっぱりした。涼しくてよさそうだ。ヘリ内や事故現場はヘルメット必須だし、炎天下で処置することもよくあるから汗だくなんだよね。でも、どこかで見たことがある顔だな」

高校時代の髪型に寄せたことに気づかれただろうか。

「毎日見てるんだから、そりゃそうでしょ」

「そうか。イケメンも毎日だと見飽きる」

「自分でイケメンって言わない！」

私の中では、世界中の誰よりも海里くんが素敵だ。あんなに黄色い声援を浴びている生駒さんの何倍も、ううん、何百倍も。

海里くんも俳優になったら、注目されるんだろうな。でも、私だけの海里くんでいてほしいから、それは嫌だ。

「じゃあ、京香が言ってくれよ」

思わぬ返しに、目をぱちくりさせる。そんな恥ずかしいことは、口に出せない。心の中でなら何千回でも言えるのに。

「い、嫌よ」

「なんで」

「なんでって……」

「妻にかっこ悪いと思われてるのか。地味に傷つくな」

いつも自信満々なくせして、肩を落としてしょげる海里くんが意外だ。

「そんなふうには思ってないよ」

「それじゃあやっぱり、イケメンだと思ってるんだ」

からかうのもいい加減にしてくれないだろうか。でも、図星を指されて、怒るに怒れない。

のせられるもんかと頑なに口を閉じて黙っていると、柔らかな表情の海里くんが口を開いた。

「俺は、妻が世界で一番きれいだと思ってるよ。それじゃあ、シャワーで流してくる」

照れもせず甘い言葉を言い放った彼は、浴室に行ってしまった。

「冗談、だよね」

鏡に映る自分の顔が上気していて、両手で覆う。

これは偽装結婚なのに、彼に本当に愛されているのではないかと勘違いしてしまいそうになる。

「うぬぼれすぎ」

鏡の中の自分にかつを入れる。

海里くんは、私を妹的な存在として大切にしてくれているだけだ。両親が亡くなったあの日、家族になると約束したから。

私はキスをしたことがないと明かしてしまったけれど、優秀なドクターで会話も楽しくて、そしてなにより優しいという非の打ちどころのない彼に、彼女がいなかったなんて非現実的だ。

恋愛経験豊富な彼が、十年以上も音信不通だったうえ、人でなしと罵った私に恋愛感情を抱くはずがない。

考えれば考えるほどみじめになってきて、ため息が出る。

「片付けよ」

散らばっている髪を片づけようとしたとき、左手の結婚指輪が視界に入る。

「……だって、大好きなんだもん。本気にしたくなるでしょう」

海里くんには絶対言えない言葉をつぶやき、指輪に唇を押しつけた。

その晩。新しい髪型を気に入ったらしい海里くんは、何度も鏡を覗いて「いい感じ」とご満悦だ。お客さまに喜んでもらえるのが一番なので、私もうれしい。

「どこかで見たことがあると思ったけど、高校生の頃、こんな髪型じゃなかった？」

「そうだっけ?」

ついに思い出されてしまい、キッチンにいた私はとぼけてみせた。

「京香は、もう少し長かったよな。サラサラのロングで、時々ポニーテールにして。風になびく感じが好きだったな」

自分の髪型はうろ覚えなのに、私の髪型を鮮明に覚えているのにはびっくりだ。

たしかにそうだった。校則では肩より長い場合は結ぶこととなってはいたものの、先生も厳しくはなく、体育があるときや月に一度の服装チェックの日だけ、ポニーテールにしていた。

とはいえ、彼の口から『好き』という言葉が出ると、それが髪型に関する発言だとわかっていても、いちいち心臓が跳ねる。

「長かったね、そういえば。キャッ」

なんとなく照れくさくて彼に背中を向けたまま話していると、ふと肩に触れられて大げさなほどに驚いてしまった。

「そんなに驚くなよ」

「気配消してこないでよ」

「普通に歩いてきたけど。京香が考えごとしてたんじゃない?」

その通りで、言い返す言葉もない。あの頃に戻りたい。もう一度彼と青春時代を過ごせたら……なんて、できもしないことを考えていたのだ。

「別に……」

「俺もお茶ちょうだい」

「うん」

彼のコップを出して冷たい麦茶を注ぐと、一気に飲んでいる。お茶が喉を通るたび喉仏が上下に動くのが妙に艶っぽくて、目をそらした。

「高校生か……。懐かしいな」

シンクにもたれて感慨深く言う彼は、優しい表情をしている。

「そうだね」

「京香、大人になったよね」

「えー、どこが？」

「あか抜けたっていうか……」

海里くんがそう言いながら、私の髪を指に巻きつけるのでどぎまぎする。

「色っぽくなった。悔しいけど、あの男が京香に惹かれる気持ちだけはわかる」

顔を近づけてきた海里くんの視線が強くて、息の吸い方がわからない。

それなら、私を好きになって。私を本当の奥さんにして。

そう叫びたいのに、もちろんできなかった。

もう高校生の頃とは違う。手に職もつけたし、ひとりで生きていける地盤もできた。

社会的に、もしくは経済的に重荷になることはないかもしれない。

でもあの事故の日、父や母の前で家族になると宣言した約束を引きずっているのなら、もう解放してあげたい。大好きだから、彼には幸せをつかんでほしいのだ。

それに……海里くんだけには、両親を亡くした不憫な女の子として扱われたくなかった。大切に思ってもらえて贅沢だとわかっている。でも、私が彼を想う同じ熱量で、好きになってもらいたい。かわいそうだからそばにいるというのは、つらいのだ。

「……な、なに言ってるのよ」

息苦しさに耐えきれずうつむいたのに、彼はさらに距離を縮めてくる。

「夫婦なんだからする?」

「なに、を?」

「キス」

あたふたする姿を面白がっているのだろうけれど、海里くんが好きでたまらない私には、残酷なひと言だ。

「しないわよ！　バカ！」

なんだか悔しくなり、彼の体を強く押し返してそう吐き捨てたあと、リビングを飛び出した。

こんなふうに怒ったら、彼を意識しているとバレてしまいそうなのに、どうしても我慢できなかった。

「なんでよ」

寝室に駆け込んだあと、勝手にあふれてくる涙を大雑把に拭い、ふかふかの枕を壁に投げつけて怒りをぶつける。

きっと何度も恋愛をしてきた海里くんにとっては、キスなんてさほど重い行為ではないのだろう。けれど、彼に恋い焦がれて……会いたくて、でも会えなくて。こうして奇跡的に再会できたことを喜んでいる私は、指先が触れるだけでも鼓動が高鳴るのに、ましてやキスなんて。

彼とは違いさらっと受け流せない自分が、情けなくなってくる。

こんなの八つ当たりだし、わがままだとわかってはいるけれど、ひとつ屋根の下で暮らしていると、海里くんへの気持ちがあふれてしまいそうになる。たとえ偽装だとしても、夫婦になれたのがうれしかったのに苦しいなんて、なんて身勝手なのだろう。

「好き」

床に座り込み、海里くんには言えない言葉をつぶやく。

もう二度と会えないと覚悟していた。それでも私は彼が忘れられず、新しい恋に足を踏み出す気持ちすら湧いてこなかった。

そんな大好きな人の妻になるという奇跡が起こったのに、こんなに苦しくなるとは思わなかった。

でも耐えなければ、そばにいることも叶わなくなる。今度こそ会えなくなる。

どうしたら好きになってもらえるのだろう。〝隣に住んでいたかわいそうな幼なじみ〟というポジションから抜け出したい。

海里くんに訪問美容について話したら、賛成してくれた。私には傷ひとつ治すことはできないけれど、患者さんの心が少しでも明るくなれるようヘアメイクで貢献できるはず。

自分の仕事をしっかりこなして、海里くんに幼なじみではなくひとりの女性として意識してもらえるように頑張るしかない。

そう考えたら、少し気持ちが落ち着いてきた。

とはいえ、海里くんと顔を合わせるのが気まずくてそのままベッドに入ると、疲れていたのかすぐに眠りに落ちてしまった。


翌朝。遮光カーテンの隙間から太陽の光が差し込むのに気づいて目を開けると、隣で海里くんが眠っていた。しかも私の手を握っているので、ひどく驚く。

最初は隣で好きな人が眠っていると熟睡できないと心配していたのに、彼がいてくれると安心して深く眠れると知った。

けれどこんなふうに手をつながれると、さすがに完全に目が覚める。

規則正しい呼吸を繰り返す海里くんは、どんな夢を見ているのだろう。

長いまつ毛に、通った鼻筋。形のいい唇が私のそれと本当に重なればいいのに。

はしたないことを考えて、ひとりで顔を赤らめる。

なんだか恥ずかしくなって手を引こうとすると、かえって強く握られるありさまだ。

しかも、寝返りを打った彼が、まるで抱き枕を抱くように脚で私を抱え込むので、身動きが取れなくなった。

視線だけ動かして壁の時計を見ると、まだ五時二十五分。動けば起きてしまうかもしれない。

疲れている彼をギリギリまで寝かせてあげたい気持ちと、恥ずかしすぎて耐えられないという気持ちがせめぎ合い、頭が真っ白になる。

「……京香」

いきなり海里くんが私の名を口にしたので起きたのかと思いきや、寝言のようだ。

「行くな」

はっきりとした言葉ではなかったけれど、たしかにそう聞こえて、胸がキュンと疼く。

どこにも行きたくなんてない。ずっと海里くんのそばにいたい。

今だけなら、いい、よね。

彼が起きたら魔法が解けてしまう。

そう思った私は、思いきって海里くんの胸に飛び込んで頬をぴたりとつけた。すると、さらに強く引き寄せられて、たまらなく幸せだった。

しばらくすると、深い眠りに落ちたのか、彼の体から力が抜けた。ずっとこうしていたいという気持ちを抑えてベッドから抜け出し、パジャマのままで朝食とお弁当を作り始めた。

食生活が不規則だという海里くんの健康管理を任されたからには、できるだけ手料理をと思っているのだけれど、仕事で遅くなるとそうもいかない。惣菜で済ませたり、海里くんと一緒に外食したりすることが多い。

だからせめて朝と昼はと思い、お弁当をこしらえるようになったのだ。

海里くんはちょっと甘めのたまご焼きが大好物で、お弁当には必ず入れる。

病院で同僚に結婚を報告してから、お弁当を広げているとうらやましがられておかずを取られるのだとか。でも、たまご焼きだけは死守するらしく、誰も食べたことがないという意味で〝伝説のたまご焼き〟と言われていると聞いて噴き出した。なんの代わり映えもないただのたまご焼きなのに。

時間のある日に作って冷凍してあったミニハンバーグとたまご焼きを弁当箱に詰めた頃、寝ぼけ眼をこする海里くんが起きてきた。

火事の現場でのきびきびした姿とギャップがありすぎて、同一人物だとは思えない。ただ、こんな姿を知っているのは私だけかもしれないなんて、妻としての幸せを噛みしめる。

「京香。昨日はごめん」

「ううん、私が大人げなかった」

冗談を流せないなんて、子供だと思われたんだろうなと思いつつ、謝った。

「もうできるから、顔洗ってきて」

海里くんがどんな顔をしているのか確認するのが怖くてそう促したのに、彼はおかずを詰めている私の隣までやってきた。

「怒ってるよな」

「怒ってないよ」

「それじゃあ、どうしてこっちを見ない」

鋭い指摘に、目が泳ぐ。彼と視線を合わせると、心の中を覗かれそうで怖いのに。けれど、そこまで言われたら顔を向けないわけにはいかず、彼の目を見つめて口を開いた。

「見た」

「見たって、お前……」

プッと噴き出した海里くんは、私の頭をガシガシ撫でる。

「ほんとかわいいな。かわいいからしたくなるんだよ、キス」

そう言ったときの海里くんの目が真剣で、ドクドクと鼓動が勢いを増し始める。

「だから、キスしたかったのは嘘じゃない。でも、嫌だったな。ごめん」

『嫌じゃない』と口から出かかったものの、呑み込んだ。

キスしたかったって……。

それは、魔が差したということ？　それとも……。

余計な期待をしてしまい、動揺で心臓が破裂しそうだ。

「弁当、ありがとうな。小日向が今日こそはたまご焼きと言ってたから、最初に食べよ」

ドクターヘリパイロットの小日向さんとはとても仲がいいらしく、彼の話はいつも出る。

「ひとつくらいあげたらいいのに。残ってるから、もっと詰めておく？」

「いや、今食べる」

私がたまご焼きを箸でつかんだのを見た彼が、なぜか口を大きく開ける。

まさか食べさせろと？

「早く。顎が外れる」

「う、うん」

意識しているのは私だけだと、思いきって彼の口にたまご焼きを運ぶと、満足そうに咀嚼(そしゃく)している。

「やっぱ、京香のたまご焼きは最高だ。別荘に行ったときと同じ味」

「あ……」

そういえば綾瀬家と田崎家で旅行に行ったとき、両家の母がそれぞれお弁当をこしらえてくれて、道中の休憩でそれを広げた。たまご焼きは私が作ったと海里くんに自慢したら、パクパク食べていたのを思い出した。

まさか、そんな些細な出来事まで覚えていてくれたとは。なんだか胸がいっぱいだ。

「成長してないってこと？」

素直にうれしいとは言えなくて、そんなふうに聞き返してしまう。すると彼は、微笑みながら首を横に振った。

「成長することだけがいいとは限らないだろ。いろいろあったのに、全然擦れてなくて真面目で一生懸命な京香は、あの頃と変わらない。俺はそういう京香と結婚できてよかったと思ってる」

「ちょっと！」

彼が朝食用に盛りつけておいたソーセージをつまんで口に入れるので抗議したが、心の中はそれどころではない。

本当に？　約束を果たさなければという義務感や、生駒さんから守らなくてはという正義感だけでなく、純粋にこの結婚を喜んでいるの？

「うまっ。さて、顔洗ってくる」

うーんと伸びをした海里くんがリビングを出ていったので、ようやくまともに息が吸えた。

「期待させないで」

閉まったドアを見ながらつぶやく。

彼の本音を問いただす勇気があればいいのに。

余計なことを口にして、この関係がただの偽装結婚だと確認できてしまったら、もう一緒にはいられない。好きな人に拒絶されて平気でいられるほど強い心を持ち合わせてはいないのだ。

だったら、このまま聞かないほうがいい。

そんな打算的な考えに支配される。

「京香」

突然海里くんの声がしてビクッとした。キッチンに入ってきた彼は、なぜかうれしそうに微笑んでいる。

「どうしたの？」

「これ、めちゃくちゃいい」

自分の髪に触れる彼は、どうやら髪型について話しているようだ。

「ほんと？ よかった」

「一生俺の専属美容師な」

それは、一生一緒にいてもいいと言っているの？

期待ばかりする私は、そんな都合のいい考えが頭をよぎった。でも、離婚したって髪は切れる。

「あはっ、大げさ。ほら、もう食べないと遅刻するよ」

考えていることを悟られたくなくて、彼に背を向けて料理を運び始めた。


海里くんが慌ただしく出勤したあと、私も身支度を整えてアクアの本店に向かった。本店に出勤するのもあとわずか。寂しいし不安は消えないけれど、新しい一歩を踏み出すと決めたのだから突き進むのみだ。

今日は、渡会さんが雑誌の撮影に借り出されて一日不在なので、私たちスタイリストがアシスタントをまとめなければならない。

「山田さん、カラーの準備して」

「はい」

忙しく働きながら、後輩にも指導するというのはなかなか骨が折れる。しかし、私たちもそうやって育ててもらって今があるのだから、もちろん嫌ではない。

ただ、最近の山田さんは完全に熱意を失っていて、お客さまの前でもにこりともしないので困っている。まったくはさみを持たせてもらえないので不満なのだ。

一旦バックヤードに下がり、不貞腐れた顔でカラーの準備をしている山田さんに声をかける。

「お客さまの前では笑顔を心がけて。お客さまはここにリラックスしにいらっしゃるの。暗い顔で施術されたら気が滅入るでしょう?」

「はぁーい」

どうしても言っておかなければと話したのだが、それすら気に入らなかったようだ。ふざけた返事をするので、さすがにあきれた。

「接客業の最低限のマナーよ。それができないならアシスタントも外れて」

お客さまを不愉快にするくらいなら、大変でもひとりでやったほうがいい。

「生駒さんを手玉に取っておいてお医者さんと結婚とか。腹黒い先輩に指導されたくありませーん」

単に思い通りの仕事をさせてもらえないから怒っているくせに、取ってつけた理由に腹が立つ。

「そう。それじゃあ、一生掃除だけしておくつもりなのね」

私は彼女からヘアカラー剤のチューブを奪い、深呼吸してからお客さまのところに戻った。

それから山田さんは、別のスタイリストについて仕事をしていたものの、ずっと仏頂面だった。

どうすべきか明日渡会さんに相談しようと考えながら閉店後の片付けにいそしんでいると、なぜか笑顔の山田さんが近寄ってくる。

「田崎さん、ちょっと裏にいいですか？」

店の外に促されて首を傾げるも、ほかのスタッフに聞かれたくない話があるのかもしれないと、ついていくことにした。

彼女になにを言われようが怖くはない。

私を先導する山田さんは、店の横の裏路地に入っていく。

「サンキュ。今度飯、行こうな」

男性の声がしたものの街灯がなく、誰なのか確認できなかった。

山田さんは振り返り、私のほうに近づいてくる。そしてにやりと笑うと、店に戻っていった。

「ちょっと待って」

話があるんじゃないの?

慌てて彼女を追いかけようとすると、背後から肩をつかまれて血の気が引いていく。

もしかして……。

「やっと会えたね」

そこにはテレビで見るのと同じ、さわやかな笑みを浮かべた生駒さんがいた。

山田さんは彼と食事に行く約束をして、私との面会を手引きしたのだ。

「なんでしょう」

ここは毅然としていなければと、心臓をバクバクさせながらもポーカーフェイスを貫く。

「なにって、誘いに来たんだ」

「お断りしたはずです。マネージャーさんに叱られたのでは?」

あれから姿を現さなかったので、もうあきらめたと思っていたのに。

「ほんと、あのオーナー気に入らないよね。ほかの美容室に移らない? 紹介できるよ」

「結構です」

見当違いの話をされてため息が出そうだ。渡会さんは恩人なのに。

「山田さんを誘ったのでは？　私には夫がいますので、ほかの男性と食事になんか行きません」

「それじゃあ、ホテルがいいの？」

「は？」

まったく話が噛み合わなくて、くらくらする。

「世の中、夫がいたって抱いてくれという女はいくらでもいるよ。だけどさぁ、あっちから寄ってくる女には興味ないんだよね。君みたいに簡単に落ちない女を落とすのがぞくぞくする」

そんな性癖を聞かされても、虫唾が走るだけだ。ようは、嫌がる女を征服したいだけの、身勝手な男ということだろう。

「残念ですが、なにがあっても落ちませんので、お引き取りください」

話し合っても埒が明かない。

一刻も早く店に駆け込まなければと足を踏み出すと、強く腕を引かれて抱きしめられてしまった。

「放して」

その瞬間、カメラのフラッシュが光り、生駒さんの手の力が緩む。

「誰だ」

路地から出ていった彼が、カメラマンを追いかけた隙に、私は店へと駆け込んだ。

「どうしたの?」

スタイリスト仲間が心配してくれる中、山田さんを捜すも姿が見えない。

スタッフルームのテーブルに退職届が置いてあるのを見つけて愕然とした。

彼女は辞めるつもりで、最後に私を罠にかけたのだ。

「なんなの?」

ときに厳しい声を浴びせたのは認める。けれど、一生懸命取り組む後輩を叱ったことは一度もない。彼女には真摯に仕事に向き合う気持ちがなさすぎて、叱らなければならなかっただけなのに。

事情を知った仲間が警察を呼んでくれたものの、付きまといの証拠がないうえ特に被害があったわけではないため、「周辺の巡回を強化します」で終わってしまった。

私を心配した男性の先輩美容師が、自宅まで送ってくれるという。迷惑をかけているのはわかっているけれど、足が震えてとてもひとりで帰れそうになかったので、甘えることにした。

自宅の最寄り駅に着こうかという頃、海里くんからメッセージが入った。

【今駐車場に着いた、家にいる？】

彼の打った文字を見るだけで、安心するあまり泣きそうになってこらえる。

【もうすぐ駅です】

【了解。改札まで行く】

マンションは目の前なのに、わざわざ迎えに来てくれるらしい。けれど、今日はそれがありがたかった。

電車を降りて改札まで行くと、私をガードするように歩く先輩に気づいたらしく、顔を引きつらせている。

「京香？　なにがあった？」

改札を出た瞬間、海里くんに抱きしめられた。

「あのっ、あの……」

気が抜けてうまく話せない私の代わりに、先輩がことの顛末を大まかに伝えてくれる。

「あいつ……。もう大丈夫だからな。京香をここまで連れてきてくださって、ありがとうございました。お礼はまた改めて、きちんとさせていただきます」

「お礼なんて結構です。なんで真面目に働いている田崎がこんなふうに苦しまなくちゃいけないんだ」

先輩が憤ってくれるのがうれしい。

先輩と別れたあと、私の手を強く握る海里くんと一緒にマンションに帰る。玄関に入った瞬間にもう一度抱きしめられて、我慢していた涙があふれだした。

「くそっ。また怖い思いをさせてごめん」

彼は怒りを纏った声を震わせる。

「海里くんのせいじゃない」

四六時中そばにいるわけにはいかないのだから。それに、こうして抱きしめてもらえると、恐怖が去っていく。

リビングまで行きソファに座ると、渡会さんから電話が入った。盛んに謝られたものの、もちろん渡会さんが悪いわけでもない。彼は事務所に抗議してくれたし、私がひとりで店外に出なくて済むように配慮もしてくれた。

渡会さんがたまたま店にいない日にこんなことになるなんて……。もしかしたらそうしたスケジュールも、山田さんが生駒さんに流していたのではないかと思えてしまう。

生駒さんのこともだが、山田さんにそこまで恨まれているのも、かなりショックだった。

「その後輩は、京香とは熱量が違ったんだよ」

隣に座り、安心させるためか私の腰をしっかりと抱く海里くんが言う。

「熱量？」

「そう。京香には美容師としてのプライドもあるし、この道で生きていこうという覚悟がある。でもその後輩は、華やかな世界にあこがれただけで、美容師という職業に執着なんてなかったんじゃないかな。アクアを辞めたら、もう別の仕事を探す気がする」

たしかに、〝はさみを持たせろ〟の一点張りで、そのわりには向上心がまるで見られない彼女は、どんな美容室でも扱いに困るはず。

残業して練習を積まなければならない環境は大変だけれど、スタイリストになりたいのなら通らざるを得ない道だ。

「そうだね。アクアに来たのも、芸能人に会えるからという理由だったみたい。もちろん面接ではそんなことはひと言も言わなかったみたいだけど」

渡会さん曰く、面接ではやる気満々だとアピールしていたとか。見抜けなかったと漏らしていた。

「そうか。……どちらにせよ、彼女は辞めていたと思うよ。だから、京香が責任を感じることじゃないし、逆恨みされただけ。それにしても、あの生駒という男が危険だとわかっていて手引きするなんて、共犯じゃないか。彼女も許せない」

海里くんは怒りをむき出しにする。

彼がいてくれてよかった。こうして胸のもやもやを聞いてもらえるだけで、気持ちが調ってきた。

その晩は、海里くんがベッドでずっと手を握っていてくれた。昨晩抱きつかれたことを思い出して照れくさくもあったけれど、彼に触れているだけで安心する。

明日もヘリに乗るのに、余計な心配をかけてしまったと申し訳なく思ったものの、彼が一切迷惑な顔をしないので救われた。

翌日。リビングの大きな窓の前に立つ海里くんは、遠くの空に積乱雲を見つけて険しい顔をしていた。

ドクターヘリの活動は天候に大きく左右されるからだ。

「飛べるといいけど」

「危なくないの？」

　心配で尋ねると、彼は首を横に振る。

「天気図をしっかり読んでくれる運航管理者がいるから、心配いらない。彼女は俺たちの安全を第一に確保してくれるんだ」

「女性なんだ……」

　思わず漏らすと、海里くんは意味ありげな笑みを浮かべる。

「それって、妬いてるの？」

「ま、まさか」

　即座に否定したけれど、女性と聞いて気になったのは否めない。

「安心しろ。俺の妻は京香だけだ」

　そんなふうに言われると、舞い上がってしまうのに。

「彼女、京香と同じなんだ。仕事に対するプライドがあって、どんな偉いドクターに圧力をかけられても、飛ばせないと判断したときは絶対にエンジンスタートの指示は出さない。俺たちは、なにも考えずに彼女の指示に従えばいい」

　彼の言葉の端々から全幅の信頼を寄せていることがわかる。仕事は違うけれど、私もお客さまからそうやって頼られる美容師にならなければと、気持ちが前を向きだした。

やっぱり、海里くんの影響力は絶大だ。

「京香は大丈夫か？」

「うん。お休みもらえたし、今日は家でゆっくりする」

「そうだな。なにかあったら連絡入れて」

「ありがとう」

このマンションにいる限り、生駒さんが接触してくることはない。それに、昨晩写真を撮られたようなので、今頃その対応にてんてこ舞いなのではないだろうか。

私も写ってしまったが、一般人なのでさすがに顔までさらされることはないはずだ。

「それじゃあ、行ってくる」

海里くんは私を励ますように一度強く抱きしめてから、出勤していった。

午前中は、ひたすら掃除にいそしんだ。体を動かしていたほうが気がまぎれるからだ。

寝室に掃除機をかけ終わりリビングに戻ってくると、つけたままにしておいたテレビから生駒光という声が聞こえてきて画面にくぎづけになった。

「もう出てる……」

【ヘアメイクアシスタントと熱愛発覚】というテロップを見て、ため息が漏れる。

「なにが熱愛よ」

ストーカー行為が発覚の間違いだ。

あのとき撮られた写真も画面に大きく表示されたが、私の顔ははっきり写っておらず、安心した。ところが、抱きしめられたタイミングを撮られたため、親密な関係だと疑われること間違いなしだ。

あのカメラマンだって、私たちが揉めていることに気づいただろうに。あれを熱愛にしてしまう恐ろしさを感じた。

その後、生駒さんが直撃インタビューを受けているシーンに切り替わった。

『彼女とはお付き合いされているんですか?』

足早に歩く生駒さんに、レポーターが食い下がる。

『違いますよ』

女性ファンが多いだろう彼は、イメージが崩れたらまずいのだろう。きっぱり否定している。

『ですが、抱き合っていらっしゃったとか』

『彼女には、以前からしつこく言い寄られて困っていたんです。警察に相談に行こうと思っていたところでした』

「は？」

生駒さんの言い分に、声が漏れる。

『お相手は既婚者だそうですが』

あのときの会話まで、カメラマンに聞かれていたようだ。きっぱり誘いを拒否していたのだから、助けてくれればいいのに。スクープを取ることしか考えていないカメラマンも最低だ。

『結婚されていたんですね。本当にどうしようもない人だ。旦那さんを大切にしてもらいたいものです』

「ひどい」

私が既婚者だと知らなかった振りまでして完全に被害者面の生駒さんに、怒りが込み上げてくる。

そもそも、私の職場に押しかけてきておいて、言い寄られていたなんて辻褄が合わない。しかし、反論すらできない私は途方に暮れるしかなかった。

ソファに体を預けて、しばらく呆然とする。

一生懸命働いていただけなのに、とんだ災難だ。

午後になり、ぽつぽつと雨が降りだしたかと思うと、たちまちゲリラ豪雨となった。

近所には冠水している場所もあるようで、大きな窓から空を見上げてため息ばかりつく。

「海里くん……」

これだけの悪天候では、さすがにヘリも飛んでいないだろう。仕方がないとはいえ、きっと無念に思っているに違いない。

海里くんは、毎日毎日全力を尽くして患者さんを救っている。私も負けてはいられない。

生駒さんへの憤りで混乱していたけれど、悪いことはなにひとつしていないのだから、堂々としていればいい。

我に返った私は、それから訪問美容に関する下準備を始めた。

生駒さんの発言は、海里くんを激怒させた。事務所に殴り込みに行かんばかりの怒り方に、私が慌てたくらいだ。

渡会さんも同様で、事務所に強く抗議したのはもちろん、海里くんと話し合い、弁護士に相談してくれた。

私の名誉を守るために動いてくれる人たちに感謝しかない。

「それでは、田崎さんが一方的に迫られて困っていたということですね」

アクアが顧問契約を結んでいる、朝日法律事務所の弁護士、九条さんが、千葉店まで足を運んで話を聞いてくれた。

「私もその現場を目の前で見ました」

せっかくの休日を私のためにつぶしてくれた海里くんも、そう証言する。

「従業員がスマホで撮影していたこの映像にも、田崎さんが嫌がる姿が映っていますので、重要な証拠となります。それに、生駒さんの発言は明らかに田崎さんの名誉を棄損しています。退職したという山田さんにも話を聞きたいですね」

「山田は電話にも出ませんが、退職の手続きで実家とはつながっていますので、なんとかなるかと」

渡会さんが口を挟む。

「田崎さんが、本店での勤務をあきらめざるを得なくなったということも強調しましょう」

九条さんは淡々と話すも、瞳の奥に怒りが見え隠れしている。

「ただし、裁判となると費用が莫大にかかりますし、慰謝料もたいして取れません。それなのに、田崎さんが矢面に立たなければならなくなる。もちろん田崎さんに非はありませんが、生駒さんの根強いファンに逆恨みされないとも限らない」

「そんな……」

九条さんの意見に絶句したものの、その通りかもしれないと顔が青ざめる。盲目的なファンが、私のほうが嘘をついていると過激な行動をとらないとも言いきれないからだ。

肩を落とすと、海里くんが励ますように腰を抱いて口を開く。

「大丈夫だ。俺が守る」

「……うん」

「訴訟をちらつかせつつ示談で済ませられるよう、まずは動いてみましょう。生駒さんには発言の取り消しと、なにかしらの媒体で謝罪をしてもらうというのが条件です」

生駒さんの件については、頼もしい弁護士さんに任せることにした。

そして渡会さんと相談の上、本店勤務を終了して完全に千葉店に移ることになった。

生駒さんのスキャンダルの相手がアクアの従業員だと嗅ぎつけたマスコミがうろつい

ているからだ。

今までのお礼が言えなかった常連客には申し訳ないけれど、身の安全が一番だ。

まさか、こんな事態に陥るとは予想外だったが、新しい一歩を踏み出すのだと気持ちを切り替えた。

失いたくない　Ｓｉｄｅ海里

生駒という男の京香を侮辱する発言を知った俺は、腹の底から込み上げてくる怒りを抑えきれなかった。

こんなに強い衝動を感じたのは、吉武家の人たちが京香を家政婦のように扱っていたと知ったとき以来だった。

事務所に乗り込むと息まいた俺を冷静に止めたのは京香だ。

「海里くんは仕事に集中して。私と結婚したから海里くんの心が乱れたなんて言われたら、そっちのほうが耐えられない」

きっと戸惑いや憤りが渦巻いているだろうに、そんなふうに俺をなだめる京香は大人だ。それに、俺の仕事を理解してくれていることがありがたかった。

どうも京香のこととなると冷静さを欠くと反省した俺は、アクアのオーナーの渡会さんと連絡を取り、弁護士を挟むことにした。

渡会さんは吉武家から逃げた京香が路頭に迷っていたところを救ってくれた恩人だとか。京香は最近、俺たちが生駒さんからの被害を危惧した偽装結婚だと、彼に打ち明けたようだ。しかし俺は、彼に素直な恋心を明かしたうえで『これからは、京香は俺が守ります』と約束をした。

京香には早いうちに気持ちを伝えるつもりでいたが、環境が落ち着く前にこんな事態となり、できないでいる。

彼女に拒絶されるなんて考えたくもないけれど、万が一そうなった場合、マンションを出ていくに違いない。今、彼女をひとりにできるはずもなく、告白の機会をうかがっていた。

「大変だったんだって？」

珍しく落ち着いて昼食がとれたその日。休憩室にやってきた小日向が、京香が作ってくれた弁当を見て漏らす。

「俺じゃなくて京香がな。今は仕事に没頭して、嫌なことを忘れようとしているように感じる」

千葉店に移り、彼女は精力的に働き始めた。病院での訪問美容事業もスタートして、今日は午後から打ち合わせに来るらしい。

「そうか。理不尽な世の中だな。相手の反応は？」

「弁護士が接触してる。訴訟をちらつかせて回答待ち」

どうやら事務所は生駒さんの女癖の悪さを把握していて、手を焼いているとか。口が回る彼は、今までも女性のせいにして逃げていたようだ。

ただ、女性のほうにも芸能人と付き合えるという気持ちがあった引け目からか、こっぴどく捨てられても大事に至っていないのだとか。しかし、京香は違う。はっきり誘いを断っているのだから。

「乗り込むわけにいかないからなぁ」

弁当を持ってきて対面に座った小日向がそう漏らすので、唐揚げをつかんだ箸が止まった。

「もしかして、乗り込もうとしてた？　熱いな」

彼はにやりと笑う。

「うるさいな。京香に手を出したんだから、そのくらい当然だ。お前だって乗り込むだろ」

「まあね。……これ、うまいね」

「お前！」

小日向が、いつの間にか俺の弁当箱からたまご焼きを持っていき口に放り込むので、眉尻が上がる。伝説のたまご焼きの味は、俺だけが知っていればよかったのに。

「愛情がたっぷりこもってるもんな」

「京香がどう思ってるかは、まだわからない」

「嫌いな男と、同居なんてしないだろ。まあ、十年以上も待ったんだから、慎重になる気持ちは理解できるけど」

嫌いな男と同居はしない、か。そうであればいいのだが、俺たちは幼なじみだ。京香は兄妹のように思っているだけかもしれない。

とはいえ、偽装結婚の申し出を受け入れた彼女は、少なくとも俺を毛嫌いしているようには見えない。長く離れてはいたけれど、昔のように呼吸は合うし、一緒にいると心地いい。

両親の予期せぬ死を前に、ふといなくなってしまいそうな危うさを抱えていた京香は、もういない。今の彼女はしっかり地に足をつけ、自分の力で前に進む強さを持っている。

彼女に再会して、随分大人になったと思った。それは見た目の艶っぽさだけでなく、苦労して揉まれてきたからこそ得た強さがにじみ出ていたからだろう。

今もあの男の件があっても、前を向いて歩いている。

京香の両親の死を目の当たりにした俺も、最前線で命を救う仕事がしたいとフライトドクターを志し、努力してきたつもりだ。しかし、常にひとりで断崖絶壁のような場所を歩き続けてきた京香には敵わない。

「もっと努力しないと。京香を守れる男にならないと……」

彼女は、俺の前からするりと逃げていきそうだ。

「もう十分だろ。ドクターヘリチームの最後の砦とまで言われるお前がそんなことを言ったら、ほかの先生の立場がないぞ。って、そういう問題じゃないか」

小日向は俺の気持ちをよくわかっている。誰に認められようとも、京香に認められなければ意味がないのだ。

「そんなことより、弁当どうしたんだよ」

今度は俺が小日向につっこんだ。どう見ても手作りだからだ。

「この甘めのきんぴらが最高だ」

彼は俺の問いには答えず、うれしそうにきんぴらごぼうを口に運ぶ。

「なるほど。うまくいってるのか」

「彼女がどう思っているかは、まだわからない」

小日向が俺と同じ台詞を口にするので、口元が緩む。

「俺たち、もうちょっと踏ん張ったほうがいいみたいだな」

「だなぁ」

俺の意見に同意した小日向は、今度はチキンソテーを箸でつかんだ。

京香が病院を訪ねてくる予定の十六時少し過ぎ。救急車で運ばれてきた大腿骨骨折の患者の処置を手伝っていると、フライト要請が入った。

処置が終われば京香の顔を見られるのではないかと期待していたが、これればかりは仕方がない。俺はすぐさまヘリポートへと走った。

ヘリに乗り込むまでの間に、無線機から流れてくる情報に耳を傾ける。

『工事現場で転落事故。一名、鉄骨の下敷きになっているという一報が入っています。もう一名負傷しているようですが、こちらの詳細は不明です』

「了解」

すでに小日向がエンジンをかけているヘリに乗り込むまで約三分。もうひとりのドクターとナースの井川、そして整備士を乗せたヘリは、すぐさま飛び立った。

「井川、外傷セット用意しておいて。鉄骨がすぐに動かせないとなると、現場で処置を済まさなければならない可能性もある」

「わかりました」

フライトナースは皆優秀で、先ほどの情報だけでなにを準備しておいたらいいのか判断し、ヘリの中で準備を進めてくれる。しかし経験が浅い井川のことは、サポートするようにしている。

「大丈夫だ。俺たちがいる」

「はい」

緊張気味の彼女に声をかけると、力強くうなずいた。

ランデブーポイントとなっているグラウンドに降り立ったヘリから飛び出し、消防が用意してくれた車で現場へと駆けつける。

負傷者は建物の三階部分から転落したものの、幸いにも落ちてきた鉄骨は大きなものではなくすぐに取り除けたようだ。現場で最低限の処置を施し、再びヘリに乗り込み病院へとUターンする。

待ち構えていた同僚の救急医に引き継いだが、次のフライト要請があるまではと俺も加わり、処置や検査をした。その結果、脊髄（せきずい）損傷が認められたため、整形外科と脳神経外科にコンサルテーションすることになった。

「お疲れ」

患者をオペ室に送り出し、喉を潤すために休憩室に向かう。時計は十八時五分を指していて、すでに日の入り三十分前を経過しているため、今日のフライトは終了だ。

ミネラルウォーターのペットボトルの蓋をひねると、ナースが顔を出した。

「綾瀬先生」

「どうした？」

「十七時過ぎに奥さまが訪ねてこられて、つい先ほどまで待合のベンチで待っていらっしゃったのですが、お帰りになったのか姿が見えなくて」

「そうか。ありがとう」

時間が合えば一緒に帰ろうと話してあったので、顔を出してくれたようだ。しかし、処置が続いていたので先に帰ったのだろう。小日向に紹介したかったが、お預けだ。

「それともうひとり、吉武さんもいらっしゃって」

「恵麻さんが？　それはいつ？」

まさか、バッティングしたのではと、顔が引きつる。吉武家でつらい思いをした京香は、会いたくなかったはずだからだ。

「吉武さんがいらっしゃったのは、二十分ほど前です。ですが、吉武さんも姿が見えません」

まずい。会ってしまった可能性が高い。

恵麻さんとは、高校生の頃に京香を通じて知り合った。京香が姿を消したあと告白されたが、京香しか頭になかった俺は断りを入れた。それでも関係が続いているのは、京香の居場所を探るため。恵麻さんは、『京香ちゃんから母のところに電話が入ったけど、どこにいるのかは言わなかったみたい』というような思わせぶりな発言を繰り返していたのだ。

京香を捜す過程で、彼女が両親と一緒になって京香をなじり、追い詰めたと知った俺は、その後何度告白されようが相手にしなかった。しかし彼女は、どれだけ断ってもしつこく顔を出す。

野上から臨海総合に移ることは知らせていなかったが、どこからか俺がフライトドクターになったという情報を聞き入れたようだ。臨海総合に勤めていることを探し当て、ここにまで押しかけてくるので困っている。

京香が見つかった今、もう会うつもりはなかったけれど、生駒さんのことで頭がいっぱいで、それどころではなかった。それがあだとなるとは。

「綾瀬先生、麻薬戻しました？　デブリーフィング始まりますよ」

「今行く」

京香が気になったものの、ＣＳの遠野に呼ばれた俺は一旦仕事に戻った。

デブリーフィングを終えるとすぐさま京香に電話をかけた。しかし、留守番電話に切り替わってしまう。店に戻って仕事をしているのかもしれない。

恵麻さんと顔を合わせていないことを祈りつつ、車を店に走らせる。近くの駐車場に車を駐めたあと店を覗いたが、京香の姿はなかった。

スタッフに彼女について尋ねると、今日は臨海総合医療センターの打ち合わせで、業務を終了しているらしい。直帰すると連絡が入っているようだった。

家にいて電話に気づいていないだけなのかもしれないと思い、再び車に乗り込もうとしたとき、弁護士の九条さんから電話が入った。

「もしもし」

『朝日法律事務所の九条です。先ほど生駒さんの事務所の弁護士から連絡が入りまして、慰謝料を払うので示談にしてほしいと』

詳しく話を聞いたところ、通常高くても五十万円くらいの慰謝料を百万積むから示談にしてほしいという申し出だったようだ。

ところが、こちらが要求していた発言の訂正や謝罪を行う予定はないとの返答らしく、京香を悪者にしてこのスキャンダルを切り抜けようとしているのが透けて見える。

「まったく納得できません。金はどうでもいいです。京香の名誉を回復したい」

『そうおっしゃると思っていました。次の手を打ちます。またご連絡します』

こんなときに、実に不愉快な話を聞いてしまった。

とはいえ、九条さんが優秀なので、この件は任せておけばいいという安心感はある。

もちろん、最終的には俺が京香の盾になるつもりだ。

急いでマンションに帰ったものの、リビングに照明がついておらず嫌な予感がする。

「京香？」

もしかして、恵麻さんに嫌がらせでもされて泣いているのではないかと勘ぐり、寝室を覗いたもののもぬけの殻。すべての部屋を確認したが、京香はいなかった。

「どこだ」

帰りにスーパーに寄ったとしても、こんな時間にはならない。

俺はもう一度京香の電話を鳴らしてみたが、コール音のあと留守番電話に変わってしまった。

「京香、どこにいるんだ？　心配だから連絡をくれ」

留守番電話に伝言を残し、メッセージも送ったものの、既読がつかず顔が険しくなる。

さすがに生駒さんはおとなしくしているだろうから、彼に捕まっている心配は少ない。

「恵麻さんのほうか……」

懐かしい話で盛り上がっているだけならいいのだけれど、それはないはず。

高校生の頃、俺が恵麻さんに会ったのは、京香に紹介されたからだ。どうやら、俺に会ってみたいと言ってきかない恵麻さんに京香が折れたようなのだが、京香そっちのけで俺に話しかけ続ける恵麻さんを苦手だと感じた。

それからなにかにつけて高校まで訪ねてくるようになったものの、彼女の姿を見つけるたびに京香の顔がかすかにゆがむのには気づいていて、ふたりが決して友達のようにうまくいっているわけではないと悟った。

親戚とはいえ赤の他人に近い存在なのだから、そうしたこともあるのだろうと思っていた。同じ屋根の下に住んでいるため、表面上はうまくやっているとばかり。

京香がいなくなったあと、ほとんど家政婦扱いだったと知り、自分の考えの浅はかさにどれだけ打ちひしがれたことか。

もっと早く、縁を切っておけばよかった。

そんな後悔が襲ってくるも、京香の消息をちらつかされては切るに切れなかった。

そもそも恵麻さんがここまで俺に執着してくる気持ちがまったく理解できない。

彼女は俺に告白を繰り返す一方で、恋人はひっきりなしにいたようだ。恋人との関係が途切れると、俺のところに顔を出すのだ。そして『ずっと好きなの』と、しらじらしい嘘をつく彼女にあきれている。

「あいつと同じか……」

ふと生駒さんの顔が頭に浮かび、身勝手な考えで他人を巻き込む彼らに、腹が立って仕方がない。

恵麻さんに連絡を取って京香の居場所を探ろうかと考えたが、京香は彼女の嫌がらせで姿を消した可能性が高い。俺から京香を引き離せたとほくそ笑む恵麻さんの顔が浮かんで、スマホを操作する手が止まった。

「なんでだよ」

お願いだから、戻ってきてくれ。

京香がいない人生なんて、考えたくもない。

ふと思い出し、スマホのカレンダーを開く。互いのスケジュールを書き込み、京香と共有しているのだ。

「明日は……休みか」

俺はヘリは外れるが、救命救急科での仕事が入っている。

予定表にも【連絡が欲しい】と書き込んだあと、マンションを飛び出して近所を捜し始めた。

ありったけの愛

臨海総合医療センターの訪問美容についての話は、スムーズに運んだ。

病棟に声をかけたら、すでに希望が殺到しているらしい。

小児科からも依頼があるらしく、子供たちも笑顔にできると希望が膨らむ。

髪のカットだけでなく、メイクの提案もしてみた。というのも、皮膚の病気やけがに伴う損傷などで自信を失った患者さんにメイクを施し、精神的な立ち直りをサポートして社会復帰を促す〝ケアメイク〟が、様々な場所で行われているからだ。

そうしたら興味を持ってくれて、こちらも検討するという返事をもらった。

思いがけず、早々に本店を離れてしまったけれど、今は新しい仕事にワクワクしている。

ためらっていた私の背中を押してくれた海里くんには、感謝しかない。

今日はこれで仕事は終わり。直帰の連絡を店に入れたあと、弾んだ気分で救命救急科に向かった。海里くんに、一緒に帰れそうなら待っていてほしいと言われたからだ。

ちょうど処置室から出てきたナースに声をかけてから、邪魔にならないように待合室のベンチの隅で、ケアメイクに関する提案書を見直していた。

病院を訪問した際、ドクターヘリが飛び立つのが見えた。あれに海里くんが乗っているのだと思うと、妻として誇らしい。

ずっと一緒にいられたら――。

そんな想いが日に日に大きくなっていくものの、海里くんの気持ちが最優先だ。彼にはもうたくさん助けてもらった。彼の人生は彼自身のものだ。私のために犠牲にならなくていい。

これ以上負担をかけたくないのに、たとえ偽装でも夫婦としていられる心地よさを手放したくないなんて、自分でも勝手だと思う。

窓から外を見ると、ヘリは戻ってきているようだ。しかし、救命救急科の処置室からは様々な機械音が聞こえてくる。ドクターやナースの緊迫した声も飛び交っており、そんな中で毎日奮闘する海里くんのすごさを改めて思い知らされた。

提案書に目を通しながら、これからについてあれこれ考えていると、人の気配がして顔を上げる。

「あっ……」

思わず声が漏れたのは、恵麻ちゃんが驚いた顔で私を見ていたからだ。彼女と顔を合わせたのは、吉武家を飛び出した高校生のとき以来だ。

「京香、ちゃん？　どうしてここに？」

「恵麻ちゃんこそ」

彼女は、腰のあたりまであった長い髪が肩につくくらいの長さになっており、毛先に緩いパーマがかかっている。マスカラをしっかり乗せたメイクのせいもあり随分大人びていて、高いヒールを履きこなす素敵なレディになっていた。

どうして彼女がここにいるのだろう。誰か身近な人が運ばれた？　それにしては慌てている様子もない。

まさか、海里くんに会いに来たの？

海里くんの口から恵麻ちゃんの話は出ないため、交際していたのは昔の話だとばかり思っていた。

けれど、まだつながっていたのだろうか。彼女は私と海里くんの偽装結婚について知っているの？

わからないことだらけで、なにをどう話したらいいのかわからない。

「京香ちゃん、ここに海里くんが勤めてると知ってるの？」

そう質問されて、彼女が海里くんに会いに来たことが確定した。

「……うん」

嘘もつけずうなずくと、恵麻ちゃんは大きなため息を落とす。

「まだ付きまとってるなんて」

付きまとっていると言われて、内心穏やかではない。

ずっと会いたくて会いたくて、ほかの男性が視界に入らないほど強い気持ちで海里くんを想い、それでももう会ってはいけない人だと必死にその気持ちを抑えてきた。再会したのも偶然だったし、私が一方的に付きまとっているわけでは決してないのに。

黙ってうつむいていると、彼女はあの頃と変わらない速い口調でまくし立てるように語り始めた。

「あのさぁ、海里くんは京香ちゃんのことが重いんだって、高校生の頃に話したでしょう。彼は優しいから、京香ちゃんを放っておけなかっただけなのに、その厚意に甘えすぎじゃない？　そりゃあご両親が亡くなったのはかわいそうだと思うけど、皆人生いろいろあるのよ。海里くんに負担――」

「かわいそうじゃないわ」

「は？」

勝ち誇ったように私を見下す彼女に腹が立ち、立ち上がって言い返す。彼女の目をじっと見つめると、動揺したように視線をそらした。

私が言い返したのに驚いたのだろう。

吉武家にいた頃は、居候だからと言いたいことも呑み込んで必死にこらえた。しかし、もう迷惑をかけているわけでも、養ってもらっているわけでもないのに、言いたい放題は許さない。

「人生いろいろあるわね。でも、私はちゃんと自分の足で歩いてきたし、あなたに侮辱されるいわれはない。海里くんのことだって、あなたに言われなくたってわかってるわよ！」

ずっと我慢していた悔しさがあふれてきて、目頭が熱くなる。けれど、彼女の前では絶対に泣きたくなくて、こらえた。

「な、なによ。うちが引き取らなければ生きてこられなかったくせして」

「生きてきたわよ。見えるでしょ、私の姿」

勝手に実家を売り払っておいて、それはない。あんなことになるなら、後見人なんていらなかった。

「生意気ね。とにかく、海里くんが迷惑してることに早く気づきなさいよ。執着してみっともない」

執着？　生駒さんと同じだと言いたいの？

その言葉は断じて否定する。私は海里くんに妻にしてほしいと強引に迫ったわけではない。

とはいえ、海里くんが私を生駒さんから守ろうとして結婚という選択をしたのはわかっている。

私と海里くんの間に、普通の夫婦にはある愛という感情は存在しない。私のほうにあっても、海里くんにとってはきっといつまでも手のかかる幼なじみなのだ。

でも、それを恵麻ちゃんから突きつけられるのは屈辱以外の何物でもない。

場所が場所だけに、声のトーンを抑えて話していたけれど、彼女の声のボリュームが大きくなってきた。

処置室の中には、苦しむ患者さんがいるのだ。私たちは邪魔でしかない。

「執着なんてしてない。あなたになにも言われたくない」

私はそれだけ言うと、その場を離れた。

海里くんと結婚したことをぶちまけてしまいたかったが、それこそ同情で結婚までしてもらったと私を蔑むだろう。

それに、海里くんはいまだ彼女とつながっていることを私に話さなかった。私に秘密にしてでも付き合いを続けたい相手なのだ。

それなのに、私の身の危険を察して偽装結婚までしてくれた。

おそらく生駒さんのことが一段落したら、彼は私と別れて恵麻ちゃんのもとに戻っていくのだろう。海里くんにとって私は、どこまでいっても両親を亡くしたかわいそうな幼なじみなのだ、きっと。

私たちが偽りの夫婦であり、いつか別れがくるとわかっていたのに、激しい嫉妬がこみ上げてきてコントロールできない。

恵麻ちゃんだけには、海里くんを奪われたくなかった。

私と海里くんを引き裂くように、キスをしている写真を見せつけて勝ち誇った顔をした彼女にだけは、負けたくない。

そう思うも、肝心の海里くんの心が恵麻ちゃんにあるのであれば、私の気持ちなどどうでもいいことだ。

そのまま海里くんのマンションに帰る気にはどうしてもなれず、私は友奈に連絡をとった。

実家で療養中の友奈は、私を快く迎えてくれた。

彼女が家族に、火事のときに助けに来てくれた友達だと話したようで、お母さんから盛んにお礼を言われて、少し照れくさかった。

二階にある友奈の部屋に入ると、彼女はにっこり笑ってクッションを出してくれる。

「旦那さんとけんかしたんでしょー」

「そうじゃないの」

電話でマンションに帰りたくないとだけ伝えたので、夫婦げんかをしたと勘違いしている。

「それじゃあ、どうした？」

小さなテーブルを挟んで座った友奈の左腕には、包帯が巻かれたままだ。火傷がひどかったので少し痕は残ってしまうようだけれど、美容師として復帰することには問題ないらしく、彼女も前向きでホッとしている。

「あのね。私たち本当は――」

友奈には、あのときのフライトドクターがずっと好きだった人で、電撃的に結婚したとだけ話してあった。

生駒さんから逃げるための偽装結婚だと打ち明けなかったのは、いつか海里くんと本当の夫婦になれるのではないかという淡い期待があったから。

けれど、恵麻ちゃんの登場で、そんな期待はもろくも崩れ去った。

海里くんとは偽装夫婦であることや、恵麻ちゃんとのいきさつなど、すべてぶちまけると、友奈は目を丸くする。

「そうだったんだ……」

「執着してみっともないって言われちゃった」

恵麻ちゃんにぶつけられた言葉を口にすると、ずっと我慢していた涙がこぼれてしまう。

「そんなわけない。京香は、旦那さんに付きまとってたわけじゃないでしょ。旦那さんが助けてくれただけじゃない」

「……うん」

友奈に否定してもらって、ようやく気持ちが落ち着いてきた。

「旦那さん、同情とか心配だけで結婚したのかな」

友奈はいつになく真剣な顔で話しだした。

「私ね、京香の旦那さんにすごく感謝してるの。あの火事のとき、焦げ臭いにおいに気づいて立てこもってたトイレから出ていったら、岳が必死に火を消そうとしてて。彼がけがをしてたから、とっさに助けに行ったの。そのときに火傷したんだけど……」

　友奈は包帯が巻かれた左腕をちらりと見て続ける。

「岳、お前は逃げろって、私を部屋から追い出したんだよ。それで玄関で倒れたところをレスキューの人に助けてもらえて、この程度で済んだの」

「あの人が……」

　友奈を逃がそうとしたという意外な事実にひどく驚く。

「うん。だからといって、叩かれたり暴言を吐かれたりしたことは消えない。もう二度と会うつもりはないけど、岳が死ななくてよかったと思ってる。ほかにもけがをした人がいるし、失火罪に問われるようだけど、罪を償ってやり直してほしいなって。岳も私も助けてくれた、旦那さんには頭が上がらない」

「そっか」

　あのとき、友奈より元彼を優先されて頭に血が上ったけれど、海里くんがしたことは正しかったのだ。元彼が亡くなっていたら、友奈の心にもっと大きな傷が残ったかもしれない。

「旦那さん、あんな過酷な状況に毎日向き合っているんでしょう？　優しいだけの人じゃないと思うんだよね。きっと周りに流されたりしないし、自分の信念を貫ける強さを持ってる。京香との結婚も、そこに彼の強い意志がある気がするの。だって、夫婦を装うだけでよかったのに、籍まで入れたんでしょう?」

「それは、生駒さんに嘘だと気づかれないためじゃ……」

そう言うと、友奈は大きく首を横に振った。

「同じ戸籍に入って家族になるって、そんな簡単なことじゃないよ」

「家族……」

それならなおさら、海里くんは私との約束を果たしただけだと、気持ちが落ちていく。

「海里くん、私の両親が亡くなったとき、家族になるって約束してくれたの。きっとひとりになってしまった私を励ますために言ったんだろうけど、真面目な彼はそれを実行しようとしただけじゃないかな」

そう答えると、友奈は考え込んでしまった。

「……京香は、彼のそういう真面目さにも惹かれたんじゃないの?」

「えっ……」

「もし、旦那さんが京香との約束を果たすためだけに結婚を選んだとしても、京香は彼が好きなんだよね。どれだけ彼氏をつくれと話しても、断固拒否だったもんね」

たしかにそうだ。もう会えないと思っていたのに忘れられず、彼以外の人と結ばれる未来なんてどうしても考えられなかった。

うなずくと、友奈はにっと笑う。

「だったら、あきらめちゃダメ。好きだと伝えてないんでしょう？ 彼がその親戚の女の子を好きだったとしても、まだ振り向かせるチャンスはあるじゃない」

友奈の意外な言葉に、頭を殴られた気がした。

海里くんの重荷になりたくない。好きだからこそ、負担になるのは嫌だと思っていたけれど、それも含めてすべて打ち明けて、ぶつかればいいのかもしれない。そのうえで、私は家族としてではなく海里くんを男性として意識していると告白して、彼の返事を受け止めるべきだろう。どうあがいても幼なじみポジションなのだとわかったら、そのときが本当の失恋だ。

「そうだよね……」

「うん。京香は、妻という最強の切り札を持ってるんだから、そんな女にあっさり譲ることない。それに、真面目な彼が、京香を傷つけるような人を好きになるとは思えないのよね」

友奈に会えてよかった。恵麻ちゃんに突然再会して混乱していた気持ちが、完全に落ち着いた。

「ありがとう、友奈。私、吉武家の人たちに『あなたはお荷物なんだから』と言われ続けてきたからか、ちょっと卑屈になってたかも」

「お荷物なわけないでしょ。京香は私の大事な親友よ」

むきになって即答してくれる友奈は、これからも一生付き合っていきたい大切な友だ。

「ありがと。私……気持ちを打ち明けて、海里くんがどう考えているか、ちゃんと確かめる」

本音を言えば、怖くてたまらない。好きだと口にした瞬間、幼なじみという関係も壊れてしまうだろう。そうしたら、今度こそ海里くんには会えなくなる。

けれど、このまま心にもやもやを抱えたままでは、前に進めない。

もうあの頃とは違うのだ。恵麻ちゃんに引け目を感じる必要はないし、私の存在が本当に重いのであれば、海里くん自身の口から聞きたい。

「ねえ、明日は休みなんでしょ？　泊まっていきなよ」

「いいの？」

「もちろん。復帰するまで暇なんだよね。構ってくれる人探してたの」

彼女はそんなふうに言って笑う。

「それじゃあ構っちゃう」

「私も京香を構っちゃう」

あんなに落ち込んでいたのに、覚悟が決まったら笑えてる。

「飲もうよ。ビール持ってくる。あっ、酎ハイ？」

「酎ハイがいいかな」

「了解」

友奈が部屋を出ていった隙に落としてあったスマホの電源を入れると、海里くんから焦った声で留守番電話が何本も入っている。メッセージもたくさん届いていて、心配しているのだとわかった。

「そりゃそうか」

彼は恵麻ちゃんに会ったことを知らないのだから、生駒さん絡みの件を懸念しているかもしれない。

頭が真っ白になり、海里くんの声を聞くのが怖くなって電源を落としてしまったものの、まずかったと反省して、【連絡が遅くなってごめん。友奈に会っていました。今晩は泊めてもらいます】とメッセージを返した。

するとすぐに電話が鳴ったので、緊張しながらボタンを操作した。

「もしもし」

『よかった……』

彼が吐き出すように言うので、申し訳ない気持ちでいっぱいになる。

「心配かけてごめんなさい」

『いいんだ。俺が悪い』

海里くんがどうして悪者になるのかさっぱりわからない。

とはいえ、恵麻ちゃんの話を切り出すには時間が遅すぎる。彼は明日も仕事のはずだ。今日はしっかり寝てほしい。

「海里くんはなにも悪くないよ。連絡もせずに勝手にごめん。仕事のことで友奈に相談したくて。話が盛り上がっちゃったから、泊めてもらってもいいかな」

『もちろん。京香……明日は帰ってくるよな』

憂いを纏う彼の声を、不思議に思いながら聞いていた。

「うん。海里くんは明日も仕事でしょ?」

『ヘリには乗らないけど、救急を担当する』

「そっか。ご飯作って待ってるから、頑張ってね」

明日の晩ご飯が、最後の晩餐にならないことを祈りつつ、努めて明るく話した。

『サンキュ。京香……』

「ん？」

『いや、なんでもない。せっかくの夜だから、楽しめよ』

「ありがと」

彼はなにかを言いかけたが、やめてしまった。それがなんだったのか気になるけれど、とにかく明日話そうと電話を切った。


翌日。お昼までごちそうしてくれた友奈とお母さんにお礼を言って家を出ると、渡会さんから連絡が入り、会うことになった。

指定されたカフェ『プレジール』は平日だというのににぎわっている。アイスオレを飲みながら待っていると、十分ほど遅れて彼はやってきた。

「待たせてごめん。ヘアメイクの打ち合わせが長引いた」

「とんでもないです。雑誌のヘアメイクですか？」

「いや、ドラマ。田崎のこと噂になってるぞ」

「え？」

嫌な予感がして顔が引きつったものの、渡会さんの表情は緩んだままだ。

「全部、生駒さんへの怒りだ。田崎さんは大丈夫？って何度聞かれたか」

「私？」

「生駒さんの悪評はもともと広がってたんだ。だから俺、田崎は無事だけど、俺のはらわたは煮えくり返ってるとそこらじゅうで言っておいた」

「あはっ。ありがとうございます」

きっと、私には非がないと強調してくれたのだろう。ありがたい。

「九条さんの話は聞いた？」

生駒さん側と交渉している、弁護士のことだ。

「いえ」

「そうか。綾瀬さん、田崎の心を乱したくなくて黙ってるのかな。全部自分が引き受けるって九条さんに話してたし」

「海里くんが？」

そんな話は初耳だ。

「もう田崎を傷つけたくないって。それなのに話してしまうのもあれだけど、あちらの事務所から、発言の訂正の予定はない、百万積むから示談にしてくれと言ってきた。でも綾瀬さんは、金はどうでもいいから田崎の名誉を回復してくれと即答したらしいよ」

「そうでしたか」

お金をもらって終わりにしたほうが簡単なのに、私の立場を一番に考えてくれる海里くんへの気持ちが、ますます募る。

「うん。それで、俺があえてこの話をしたのは、綾瀬さんが田崎のことをどれだけ大切に思っているか、伝えておきたかったからだ」

「それはどういう……」

訪問美容の件で呼び出されたと思っていたのに、生駒さんの話、さらに海里くんと、話が意外なほうに飛んで首をひねる。

「黙っておいてほしいと言われたんだけど……実は九条さんと打ち合わせをしたときに、綾瀬さんが半休を取って本店まで来てくれて」

「お休みまで？」

「忙しいだろうに、ヘリに乗らない日ならなんとかなるって。それで彼、打ち合わせのあと、俺に深々と頭を下げたんだ。『京香に手を差し伸べてくださってありがとうございます。俺がすべきだったのに、できなかった』と無念の顔して、親戚の家から逃げた田崎を助けられなかったと悔しそうだった」

「だって海里くんは高校生だったし……」

「そう。高校生でなにかできるわけがない。だけど、悔しかったんだと思う。田崎が大切だから」

そんな話を聞いたら、視界がにじんでしまう。

「でも、私は重荷だったんじゃないかな」

恵麻ちゃんの言葉を思い出してそう言うと、渡会さんは優しい表情のまま口を開いた。

「重荷か……。そうだなぁ、高校生には重かったかもしれないけど、彼にとってはそんな重さ、なんでもなかったと思うよ」

「そうでしょうか」

そうだといいなという希望と、海里くんの優しさに甘えすぎだという自分への戒めが交錯する。

「うん。それに、生駒さんから逃がすために彼がとっさに偽装結婚を思いついたと田崎は話してたけど、そんな軽薄な関係には見えないんだよ。……昨日、黙って消えたんだって？」

「あ……」

どうして知っているのだろうと不思議だったけれど、海里くんが私の所在をいろいろなところに聞いて回ったのだとすぐにわかった。

「なにがあったのか知らないけど、『京香を傷つけてしまった』と捜し回ってたぞ」

「海里くんが？」

渡会さんは大きくうなずいたあと、運ばれてきたアイスコーヒーを口に運んでから再び話し始めた。

「田崎のことは、面接で出会ったあの日から娘のように思ってる。俺は娘を幸せにしてくれる男にしか渡したくないんだよ」

「渡会さん……」

父と娘というほど歳が離れていないけれど、渡会さんがいなければ吉武家に連れ戻されて、今頃どうなっていたかわからない。彼は、感謝してもしきれない大恩人だ。その彼に恩返しをしたくて踏ん張ってきたが、〝娘〟と言ってもらえてうれしくてたまらない。

「……と、昨日綾瀬さんにも話した」

にっこり笑う渡会さんに驚く。

「彼、『もちろん幸せにします』ときっぱり宣言したぞ。だから俺は、もうなにも心配してないんだ。あとは田崎の幸せを見守るだけ」

胸の奥からなにかがこみ上げてきて、涙がひと粒こぼれた。すると彼は私にハンカチを差し出す。

「けんかはしてもいい。うちだって、おしどり夫婦なんて言われるけど、時々地球が吹っ飛びそうなでかいのするから、他人のことは言えないしな」

渡会さんは苦笑している。

「だけどもし、田崎が偽装結婚だからと遠慮しているなら、そんな遠慮はいらないぞ。田崎がなにをぶつけたって、それじゃあ結婚は解消しましょうとは絶対にならない。俺が許さないしね」

渡会さんは、私の生い立ちからくる引け目や、偽装結婚という特殊な関係のせいで起こる遠慮も全部見透かしているようだ。

彼は海里くんを完全に信じているのだろう。まだ数回しか顔を合わせていないのに、渡会さんの信頼を勝ち取る海里くんの誠実さには、あっぱれだ。

「もちろん、田崎が綾瀬さんを嫌いなら仕方がないが」

渡会さんはそう口にするも、目が〝そうじゃないだろう?〟と訴えてくる。

「嫌いじゃありません」

だから私はきっぱり言った。海里くんを嫌いになったことなど一度もないから。

「そうか。とにかく、俺は娘の幸せを祈ってる。既婚者の先輩からひとつアドバイスだ。仲直りのときは、ハグしてお互いの存在を確認すると安心するぞ」

「渡会さんはそうしてるんですね」

「……いやあ、どうかな」

珍しく彼の頬が赤く染まった。愛妻家の彼なら、けんかのあとでなくても奥さまをハグしている気がする。

「ふふっ。渡会さん、ありがとうございます。娘は幸せになるために前に進みます」

「うん。いい報告を待ってる。あっ、そういえば訪問美容はどうなった？」

今思い出したというような彼に、自然と笑みがこぼれた。


渡会さんと別れたあと、スーパーで食材をたくさん買い込んでから帰宅した。

シンクに洗っていないコップがひとつ置いてあったものの、冷蔵庫の中身も減っていないし、コンロを使った形跡もない。

おそらく食べる暇もなく私を捜してくれていたのだろう。衝動的に飛び出したりして、申し訳ないことをしたと深く反省した。

海里くんが帰ってくるまでにと思い、調理を始めた。

今日は彼の好きな豚の角煮にした。昔、海里くんの好物だと知った母が大量にこしらえて、よく綾瀬家に差し入れをしていたのだ。綾瀬のお母さんからは焼き立てのパンをたくさんもらい、海里くんと一緒に食べていたのを思い出した。

「いい匂い」

中学の頃、母と一緒にキッチンに立ち、時々料理をした。あの頃よりは手際がよくなったとは思うけれど、なんでも作れた母ほどうまくはない。

肉を煮込む横で、なすの煮びたしの準備を始めた頃、スマホが鳴った。

【仕事終わったんだけど、家にいる？】

海里くんからのメッセージだ。

【うん、帰ってるよ】

【食事にでも行こうかと思ったんだけど】

なにかあったと察しているだろう海里くんは、私を気遣ってくれる。彼はいつも優しい。

【今日は角煮です。作りすぎたから食べて】

【楽しみすぎる。すぐ帰る】

そんな返事にほっこりした。

彼と顔を合わせるのは少し緊張する。でも、本音で向き合うと決めたのだから、もう迷うのはやめた。

二十分ほどして、いつもは冷静な海里くんが、ドタバタと大きな音を立ててリビングに駆け込んできたとき、彼にどれだけ心配かけたのかを思い知った。

「京香……」

「昨日は本当にごめんなさい。私、どうかしてた」

「いや、いいんだ。京香がいてくれたら、俺……」

彼はそう言いながら近づいてきて、私を強く抱きしめる。

渡会さんが話していたハグが実現して、うれしいやら照れくさいやら。私も彼の背に手を回して抱きしめた。

ずっとこうしていたい。あなたの温もりを感じていたいと願いながら。

「ちょうどできたとこなんだよ。角煮、好きでしょ?」

彼から離れたものの、なんとなく恥ずかしくてうつむき加減で言うと、顔を覗き込まれて焦る。

「好きだよ。すごく好き」

どことなく色香を放つ彼にそう言われ、心臓の鼓動が速まりだして制御できない。

「じゅ、準備するから手洗って」

「はーい」

さっきの妖艶さはどこに行ったのか、子供のように無邪気な返事をする海里くんは、一旦リビングを出ていった。

テーブルにすべての料理を並べた頃、海里くんは戻ってきた。

「うまそうだ」

対面の席についた瞬間、お腹がグゥーと大きな音を立てたので、顔を見合わせて笑い合う。

「昼、食べそこねて」

「あ、お弁当……」

最近は毎日作っていたのに、作れなかった。

「京香のせいじゃないよ。今日はヘリの出動は少なめだったんだけど、救急車が多くて。でも、全員救えたからいい日だった」

忙しくて疲れただろうに、いい日と言える彼は素敵なドクターだ。

「そっか。お疲れさま」

「京香にお疲れさまって言われると、疲れが吹き飛ぶよ」

そう言われると、期待してしまう。

「とにかく食べよ」

「うん、いただきます」

手を合わせた彼は、迷わず角煮を口に入れた。

「あー、これだ。肉がとろとろ」

目を細めて至福の表情を浮かべる彼を見ていると、私も笑顔になれる。

やっぱり海里くんが好き。彼と一緒にいるだけで、自然と心が安らぐのだから。

「お母さんには敵わないんだけどね」

「京香のお母さんのもうまかったけど、京香のも格別だ。愛がこもってるもんな」

彼の発言にドキッとして、箸が止まる。

いっぱい愛がこもっている。これ以上ないほどに。

そう口にしても、あなたは困らないの？

「どうかした？」

食べるのをやめた私を心配したのか、海里くんも箸を置いた。

「こもってるよ」

「ん？」

「私のありったけの愛がこもってる」

思いきってそう口にすると、彼は私をまっすぐに見つめたまま微動だにしない。その反応にどういう意味があるのかわからなくて、息がうまく吸えなくなった。

彼はふと立ち上がると、なぜか私の隣にやってくる。

「京香」

そして私の肩に両手を置いて向き合わせ、優しい声で名前を呼んだ。

「……うん」

「そんなことを言われたら、我慢できないだろ」

なにをだろう。

緊張で心臓が激しく暴れ始めて制御できない。

強い視線に縛られて目をそらせないでいると、彼の形の整った唇が動きだした。

「京香が好きだ」

「えっ？」

「あの頃からずっと、京香だけが好きなんだ」

信じられない告白に、ただただ瞬きを繰り返す。

「生駒さんのことがあって、とっさに偽装結婚だと口にしたけど、俺はずっと京香を捜してたんだ。京香と家族になりたくて」

海里くんから〝家族〟という言葉が飛び出したため、顔が引きつる。

「お父さんとお母さんの前でそう約束したから、責任を感じているんでしょう？ そんな約束、忘れてくれていいのに」

本当は、それでもいいから彼のそばにいたい。けれど、彼の人生を奪う権利は私にはないのだ。

「京香は忘れてた？」

まっすぐに私を見つめる彼は、逆に質問してくる。たまらなくなって目を伏せると、彼は続けた。

「京香と家族になりたいのは、責任なんかじゃない。お前が隣にいると、心が穏やかになる。友達とけんかしたり母さんに叱られたりすると、決まって京香は俺の隣に来て、にこにこ笑ってた。それで言うんだ。『海里くん、大丈夫だよ』って」

そういえば、落ち込む彼を励ましたくて、そう言っていたような。

「なにがあったか知らないくせしてと思ったこともあったけど、京香にそう励まされると、不思議と大丈夫だと思えた。京香が笑うと心が落ち着いて素直に謝れたんだ。

俺はもうその頃から、京香とずっと一緒にいられたらと思ってた」

隣にいて心地よかったのは私だけではなかったとわかり、たまらなくうれしい。

うなずくと、彼は少し照れくさそうに微笑んだ。

「その感情が恋だと気づいたのは、京香が中学に入学したくらいのとき。皆が好きなクラスの女子の話題で盛り上がっていても、俺の頭に浮かぶのは京香だけだった。それで、俺は京香が女の子として好きなんだと自覚した。だからあの事故のとき、田崎のおじさんやおばさんに誓ったんだ。これからは俺が京香を一生守るって」

私の片思いじゃなかったの？

喜びがこみ上げてきたものの、それじゃあ恵麻ちゃんは？という疑問が残る。

「私が重かったんじゃないの？」

「重い？　どうして？」

彼は驚いたように目を見開き、私の腕を強くつかむ。

「家族がいなくなった私を背負うのは、重いでしょう？」

「重いわけがないだろ。京香を守りたいと思ったのは本当だけど、それは京香が俺にとって必要な人だからだ。一方的に背負うなんて考えたこともない」

彼は首を横に振り、訴えてくる。その目が真剣で、とても嘘をついているようには見えなかった。

「……恵麻ちゃんは？」

思いきって恵麻ちゃんの名前を出したものの、返事を聞くのが怖くて震えてしまう。

「昨日、恵麻さんに病院で会って嫌なことを言われた？」

恵麻ちゃんに会ったことを知っているのに驚いた。

「吉武家から逃げる少し前に、海里くんが私を重いと話していると。昨日もそれを繰り返されて……」

「まさか。あの頃は京香が世話になってたから、見かければあいさつくらいはしてたけど、京香がいないときにまともに会話したこともなかった。だから、そんな話をするわけがない」

私の言葉を遮る彼は、顔をしかめて首を横に振る。

恵麻ちゃんの嘘だったの？

衝撃で頭が真っ白になるも、私が彼女の言葉を信じたのは、あの写真があったからだ。

「恵麻ちゃんと付き合ってたんじゃないの？」

「付き合う？　好きでもないのに？」

こんなに真剣な彼が、とぼけているとは思えない。

「今でも会っているんでしょう」

だから昨日、病院にいたはずだ。

問うと、彼は苦々しい表情を浮かべる。

「会ってると言われれば、否定できない。彼女とつながっていれば、いつか京香の消息が知れるかもしれないと思っていたんだ」

海里くんは、眉をひそめて小さなため息をつく、

「彼女がなにも言わないから、吉武家が後見人から外れたことも知らなかった。それどころか、『京香は元気にしていて時々連絡がある。でも、どこにいるかはわからない』と言われ続けて……」

恵麻ちゃんは、そうやって海里くんをつなぎとめていたんだ。

「電話したことなんて一度もないよ。渡会さんが手を貸してくれて、弁護士さんを通じて吉武家とは縁を切ったし、虐待を認められて居場所も隠してもらえたの」

「……虐待。やっぱりそうだったのか。気づけずごめん」

彼は悲痛の面持ちで謝るけれど、心配をかけるのが嫌で笑顔でいたから、わからなくて当然だ。

「海里くんが謝ることじゃない」

きっぱり言うと、彼は顔をゆがめながらもうなずいた。

「職場を知らせたわけじゃないけど、病院のホームページに名前が出てしまう。彼女はそれを調べて押しかけてきた。もちろん迷惑だと何度も伝えたけど、京香の唯一の手がかりを失うのが怖くて、強くは突き放せなかった。京香に再会できてから彼女が訪ねてきたのは、昨日が初めてだったんだ」

恵麻ちゃんは、きっと私と同じように海里くんがずっと好きなのだ。でも、そこまでするエネルギーに驚きしかない。

「京香に会えた喜びで、彼女のことなんて頭から飛んでいた。もう会わないと早く伝えておくべきだった。傷つけてごめん」

「ううん。大丈夫」

私が傷ついたのは海里くんのせいじゃない。恵麻ちゃんの嘘のせいだ。

それにしても、あいさつしかしていなかったのなら……あのキスの写真はなんだったのだろう。

この際疑問はすべて聞いてしまおうと口を開く。

「……キス、は？」

「キス？」

「高校生の頃、恵麻ちゃんにキスしてる写真を見せられて、海里くんと付き合ってるって」

正直に打ち明けると、彼は目を見開いた。

「なんでそんな嘘……。キスなんてするわけないだろ。なんの写真だ」

「えっ？」

海里くんは、奥歯を噛みしめて激しい憤りを見せる。

でもあの写真に写っていたのは、たしかに海里くんと恵麻ちゃんだった。

「その写真、しっかり見たのか？　キスしてるところが写ってたのか？」

記憶を手繰り寄せると、とあることに気がついた。

「恵麻ちゃんのうしろ姿が写ってて、海里くんが少しかがんでキスしてるように見えて……」

恵麻ちゃんが海里くんとキスしたと話したのでそう信じてしまったけれど、位置的にふたりが唇を重ねている場面は写ってはいなかった。それに……恵麻ちゃん自身が写真に納まっているということは、誰かに撮ってもらったことになる。そんなの不自然だ。

あのときは、失恋したという事実と、海里くんに重いと思われていると宣告された
ショックで頭がいっぱいになって、信じてしまった。

「京香が好きなのに、ほかの女とキスなんかするかよ。俺がキスしたいのは、京香だけ」

真摯な表情の彼は、手を伸ばしてきて私の頬に触れる。

「その写真に動揺した？」

とんでもなく艶やかな視線に、思考が固まりなにも言えない。

「誓ってキスなんてしてない。……京香も俺のこと、少しは意識してくれてたって思っていい？」

彼は鋭い。

正直にコクンとうなずくと、強く抱きしめられる。

「まさか、それで俺から逃げた？」

「……吉武の家でおじさんやおばさんから邪魔者扱いされるのがつらかった。実家を勝手に処分されたと知って……抗議したのに、『お前のためだ』と取り合ってもらえなくて」

「そんなのめちゃくちゃだ」

憤る彼の声が震えている。

「でも、学校に行けば海里くんに会えた。それなのに、負担になっていると聞いてからは海里くんと話すのも怖くなったの。それに、恵麻ちゃんが海里くんとデートしたとか自慢するのに耐えられなくなって……」

「そんなつらい思いを……。だから、俺にも話せなかったんだな。ひとりにしてごめん」

彼はなにひとつ悪くないのに盛んに謝る。

「ううん。逃げたのは私」

「……京香がいなくなって、うちの両親の手も借りて散々捜した。後見人選定のときに世話になった弁護士にも尋ねたけど、京香の居場所は答えられないの一点張りで」

それは渡会さんの計らいで、吉武家から虐待を受けていたと判定されたから、私の居場所は極秘扱いだったのだ。

「うん。吉武家に知られないように」

「そうだな。今ならわかる」

本来なら、助けを求めるべきは綾瀬家だった。海里くんだけでなく、彼のお父さんもお母さんも、間違いなく手を差し伸べてくれたはず。でも、恵麻ちゃんの嘘のせいでそれができなかった。

腕の力を緩めた彼は、私をまっすぐに見つめる。いつにない真剣なまなざしに捕まり、視線をそらせない。

「京香。偽装結婚は解消したい。俺の本当の妻になってくれないか？」

「……本気？」

「ああ。京香が嫌だと言っても、離さないけどね」

優しい笑みを浮かべた彼は、再び真顔に戻る。

「好きだよ。今までも、これからも」

「海里くん……。私も、好き」

ようやく胸の内をさらけ出せた瞬間、唇が重なった。

俺のほうが好きだけど　Ｓｉｄｅ海里

ようやく気持ちが通じ合ったその日。俺は夢中で京香を抱いた。

キスも初めてだという京香が、あの頃からずっと俺を想ってくれていたのだと知り、歯止めが利かなくなる。

「はぁ……っ」

彼女のみずみずしい肌に舌を這わせると、控えめながらも甘いため息が聞こえてきて、高ぶる。

もっと啼かせたい。俺の腕の中で悶える京香が見たい。

そんな強い欲求を抑えられるわけもなく、柔らかい彼女の体を指で、そして舌で愛撫し続けた。

太ももの内側を軽く食むと、頬を上気させる京香は脚を閉じようとする。

「力抜いて。京香を気持ちよくさせたい」

「は、恥ずかしい……」

消え入るような声でそう言いながら、手で顔を隠してしまう京香は、俺が想像の中で犯した彼女より何倍も、いや何百倍もかわいい。

「京香、俺を見て」

彼女の顔の横に手をついて見下ろすと、指の隙間から視線を合わせてくる。こんな仕草の一つひとつが、愛おしくてたまらない。

「そうじゃなくて。手はここ」

少々強引に両手をはがして頭の上で拘束すると、耳まで真っ赤に染めた京香が体をくねらせて恥ずかしがった。

「なあ、知ってるか？　そんなふうに恥じらわれると、理性が飛ぶって」

もうすでにギリギリのところで耐えているのだから、これ以上煽らないでくれ。

「そ、そんなの知らない」

目をそらして恥辱に耐える京香を見ていると、もっといじめたくなる。

「気持ちよくなりたいだろ？　ほら、こういうふうに」

張りのある乳房の先端でツンと勃って存在を主張するそれを舌で舐め上げると、彼女は「ああっ」となまめかしい声をあげる。

「もっとかわいがりたいんだけど、どうする？」

そう問うと、京香は目を閉じて動かなくなってしまった。

初めてなのにちょっといじめすぎかもしれないと反省していると、彼女の桜色の唇が動きだす。

「……もっと」

「ん？」

「……もっと触って。気持ちよくして」

こんなふうに言われて、理性が働く男がいたら天然記念物だ。

「ああっ、もう。そんなに煽って、知らないからな」

「えっ……んあっ……ん」

何度も深呼吸をして暴走しそうな気持ちを自分でなだめるものの、俺の指で形を変える柔らかい乳房とか、ほどよくくびれたウエストとか、吸いつくと花びらを散らしたような痕ができる太ももとか……彼女のすべてに翻弄されて、まったく冷静ではいられない。

「ん……」

十分潤ったのを確認した俺は、京香の手に指を絡めて握り、ゆっくり腰を沈めていく。

痛いのだろう。顔をゆがめる京香だったが、俺を引き寄せて強く抱きしめてくるので、とても止められなかった。

「まだ全部入ってない。平気か？」

「平気なわけないでしょ。でも、海里くんなら……大丈夫」

そういう言葉が、俺を煽っているとはまったく気づいていないのだろうか。さらに滾るのを感じながら、奥へと進む。

「……っ……はぁっ」

とうとうすべてを呑み込んだ京香は苦しげな顔を見せるも、少し濡れた唇から甘い吐息を吐き出した。

「あぁっ、やばい。気持ちよすぎる」

待ち望んだこの瞬間をじっくり味わいたいのに、動いたらすぐに達してしまいそうなほど気持ちがいい。

「海里くん」

心なしか瞳を潤ませた京香は、俺の名を切なげに呼ぶ。

「京香。もう離さないぞ。お前は一生俺のものだ」

そっと額に口づけを落とすと、彼女は照れくさそうにはにかんでいる。

「……うん。ずっと、そばにいる」

「愛してる」

京香の左手を取り、結婚指輪が収まる薬指に唇を押しつける。——心からの愛を込めて。

俺が愛の言葉をささやいた直後、京香の大きな目がたちまち潤みだし、涙があふれてきて止まらなくなった。

「どうした？　痛いか？」

「ううん。……ずっと会いたかったの。もう会えないと思っ……」

泣きじゃくる彼女は言葉が続かない。

これまでどれだけ苦しかったか。ひとりでどんなに心細かったか。それを帳消しにできるくらい幸せにするし、俺も幸せになる。

「俺もだ。会いたくて会いたくて、気が狂いそうだった。だけど、きっと京香はどこかで頑張ってるはずだと信じていたから、俺も必死に仕事に打ち込んだ。再会したときに、見捨てられないように」

いつか京香に会えたとき、頼ってもらえる人間になりたいと、がむしゃらに目の前の仕事に打ち込んできた。

ドクターヘリに乗ると決めたときも、京香の顔がちらついた。彼女のように大切な人を亡くして絶望を味わう人をひとりでも減らしたい。そんな気持ちでいっぱいだった。

俺の人生は、会えなかった時間も含めて、全部京香とともにあるのだ。

吉武家を出てからの彼女の人生は、聞けば聞くほど壮絶だった。努力なんていうひと言で片づけてよいのかとためらうほどの奮闘ぶりだ。

京香に手を差し伸べてくれた渡会さんも、彼女を尊敬しているとこぼすが、もちろん俺も同じ気持ちだ。

「見捨てるわけないじゃない。だって、こんなに好きなんだもん」

泣きながら笑う京香の言葉で、心が満たされる。絶対に彼女を離さない。

「俺も。だから京香は、なにがあっても堂々としてて。京香以上に愛せる人なんて、この世に存在しないんだ。俺の妻は、京香だけ」

俺は恵麻さんを意識して言った。

京香を傷つけ続けてきた彼女は許さない。京香が俺の近くにいると知れば、また嫌がらせをしてくるだろう。でも、俺がどれだけ京香を好きなのか、思い知らせてやる。

ふふっ、と笑う京香は、照れくさそうに俺と視線を合わせて口を開く。

「海里くんのお嫁さんになれたなんて信じられない」

「バカだな。こうなることは、もうずっと前から決まってたんだよ」

会えなかった長い年月の間に、どちらかの気持ちが離れれば実現しなかった。けれど、俺はもちろん、京香も俺を想い続けてくれていたのなら、生まれたときから決まっていた運命だとしか思えない。

「ちょっとロマンチックだね」

「そうだな。だけどこれからは、神さまがびっくりするくらい幸せになるぞ」

そして天国の彼女の両親を安心させたい。

コクンとうなずく彼女がかわいすぎて、さすがにもう……。

「京香。俺、もうやばくて。めちゃくちゃ突きたい」

「えっ……。や、優しくし……あっ……んはぁっ」

それから俺は、理性を総動員して暴走を必死に抑えながら、彼女を丁寧に抱いた。


朝霧が立ち込めた翌朝。

気持ちが高ぶる俺は少し早起きしすぎて、腕の中ですやすや眠る京香をまじまじと見ていた。

サラサラの髪がかかる頬は透き通るように白くてみずみずしい。唇を押しつけたい衝動に駆られるも、我慢だ。

彼女の長いまつ毛を涙で濡らさなくても済むように、必ず守ると気持ちを新たにした。

「ん……」

身じろぎした京香の口から、情欲を誘うようなため息が出てドキッとする。このかわいらしい唇とあんな情熱的なキスをしたと思うだけで、体が反応してきてしまった。

「やば……」

このままでは襲ってしまいそうだと、ベッドを出て熱いシャワーを浴びる。鏡に映る自分の顔が緩んでいて、頬を叩いて気を引き締めた。

仕事モードに切り替えなければ。

髪を乾かそうとして、ふと思う。やはりこの髪型は、高校生の俺を意識しているに違いない。

「なんだよ。大好きじゃないか」

京香がこっそり俺への愛を叫んでいたかと思うと、引き締めたはずの頬がまた緩んでしまう。

もっと早く気づけばよかった。そうしたらすぐにでもプロポーズしたのに。

「まあ、俺のほうが好きだけどな」

こんなことでニタつく自分が信じられない。それくらい京香に夢中だ。

「海里くん？」

目を覚ました京香が、俺を捜している。彼女の前ではかっこいい男でいたいと、キリリと顔を引き締めてから、声がするリビングに向かった。

京香が手際よくこしらえてくれた弁当を持っての出勤は、気分が上がる。

更衣室でフライトスーツに着替えていると、小日向が近寄ってきた。

「おはよ」

「おはよ。今日はいやに上機嫌だな」

「別に」

昨日はヘリに乗らなかったため小日向とはあまり話さなかったが、顔色が悪いと指摘された。医者の不養生だと適当にごまかすと、『けんかしたのか』と鋭い指摘をされたものの、その後すぐにヘリの要請があり別れたきりだったのだ。

気を抜くと表情が緩みそうであえてクールに振る舞ったのに「おめでとう」と言われてしまった。

おそらく〝仲直りおめでとう〟なのだろうが、偽装結婚から〝偽装〟が取れたと話したら、どんな反応をするのだろう。しかしまずは仕事だ。

「サンキュ」

それだけ返して、ふたりでブリーフィングに向かった。

朝霧は晴れというが、その通りの天候となった。ＣＳの遠野が、「今日は日の入りまでしっかり働けます」と話すので苦笑したが、ドクターヘリチームの誰もが、ひとりでも多くの命を助けたいという気持ちを強く持っている。

今日の相棒は後輩の安西と、ナースの井川だ。

「井川。今日は気温が上がるから、熱中症患者が出る可能性が高い。冷やした点滴を積んでくれ」

「わかりました」

「大丈夫だ。井川ならやれる。わからなければ、どんどん聞け」

いまだ顔がこわばる彼女に声をかける。

ひとつとして同じ現場はないため、常に緊張が付きまとう。しかし、場数をこなしていかなければ、一人前にはなれない。新しいスタッフを育てるのも仕事だ。

その日の最初のフライトは、脳の緊急オペが必要な患者を野上総合に運んでほしいという成田市の病院からの依頼だった。

臨海総合医療センターでも脳のオペは対応可能だが、今回は難しいオペとなるようで、手術実績のある野上に依頼したようだ。

無事に患者を搬送し、野上のドクターに引き渡したあと飛び立つと、別の要請が入った。

遠野の判断で、病院に戻ることなく次の現場に向かう。心筋梗塞の患者をランデブーポイントの救急車内で処置したあと臨海総合医療センターに運んだ。

その直後、再び出動要請があり離陸。ドクターヘリチームは走り回ることになった。

ようやくひと息つけたときには、十五時を回っていた。更衣室のロッカーから弁当を持ち出すときにスマホのチェックをすると、京香からメッセージが入っている。

【今日は仕事のあと後輩の指導が入ったので、遅くなります。ご飯食べに行きたいな】

素直に甘えてくるようになった彼女に、笑みがこぼれる。かわいすぎて困るくらいだ。

【もちろん。なに食べたいか考えておいて。終わったら連絡して】

そう返してロッカーを閉めると、小日向がにやにやしながら見ているのに気づいた。

「奥さんだな」

「そうだ。俺たち、本物になったから」

「は？」

小日向はすぐに意味が呑み込めなかったらしく、きょとんとしている。

「だからそういうこと」

「どういうことだ……ああ、そういうこと？」

ようやく気づいた彼は、白い歯を見せる。本当にわかっているのか疑問ではあるけれど、彼は察しがいいのでおそらくビンゴだろう。

「やっぱ、両想いだったわけだ」

「なんでわかったんだよ」

「弁当作るのって面倒なんだぞ。朝早くから、好きでもない男に作るか？」

もっともらしいことを言われて、あいまいにうなずく。

「それじゃあお前たちも、両想いなんだな」

「それはまだわからない」

言っていることがちぐはぐで笑える。

「お祝いに、伝説のたまご焼きくれ」

「なんでそうなる」

休憩室に行く途中で訳のわからないことを言われたものの、笑みを絶やさない小日向が喜んでくれているのがひしひしと伝わってきて、うれしかった。

小日向と一緒に弁当を食べていると、ドクターヘリの要請が再び入った。

小日向はいち早くヘリに駆け込み、エンジンをスタートさせる。俺は無線機で情報収集しながらヘリに向かった。

『高速道路で多重衝突事故発生。負傷者の数は今のところ不明ですが子供も含まれる模様。数名が車両に挟まれているという情報あり』

「了解。続報を待ちます」

現場に救急車も到着していない状態で飛び立つ場合は、状況の把握が難しい。それでも万全の態勢で向かわなければならない。

ヘリに乗り込むと、すぐさま離陸した。

「井川。小児用バッグも準備して」

「はい」

負傷者が子供の場合、大人用の医療材料では対応できないため、細めの針やチューブをそろえた小児用のバッグも備えつけてある。

ヘリが降りられる場所が、事故現場に近いとは限らない。ヘリに積んである医療機器や材料の中から、現場にどれを持っていくのか選択を誤らないようにしなければならない。

俺が消防から情報収集する横で、井川は点滴の準備を着々と進める。

事故現場の通報者の情報によると、トンネルを出たあたりで自動車四台が玉突き事故を起こし、バイクも一台巻き込まれているようだ。

幸い火は上がっていないとのことで、全員助けると気持ちを引き締め、現場へと向かった。

遠野の判断で、ヘリは事故現場近くの高速道路上に着陸できた。

これも正確な位置に寸分違わず降りられる技術を持つ小日向のおかげだ。

ちょうど同じ頃、レスキュー車と救急車も到着した。

「井川、トリアージタッグ。安西は右から」

道路に数人血を流して横たわる負傷者がいる。

俺はすぐさま診察を始めた。

打撲や脱臼のある人、かすり傷だけだがショックを受けて取り乱している人には緑。開放骨折があるがバイタルが安定している者には黄色。助ける術がないという黒タッグをつけなければならない人は幸いいない。

俺たちがトリアージを進める一方で、レスキューが車両の下敷きになっている人の救助を始めた。

「先生。お願いできますか？」

「今行きます。安西、あと頼む」

「了解です」

レスキュー隊員に呼ばれた俺は、負傷者の処置を安西に託し、形をとどめないほど変形した車両に近づいていく。そこには、脚が大破した車両の下敷きになっている若い男性の姿があった。

頭部から出血しているその男性に近づき、状態を確認し始める。

「話せます……」

意識を確認するために声をかける途中でハッとする。

「生駒さん、わかりますか？」

そして俺はそう言い直した。挟まれているのは、京香に付きまとっていたあの男だったのだ。

「い、痛……」

かすかに唇が動いたのでひとまず安堵する。

すぐさま触診をしたが、打撲や骨折があるものの致命的なけがはしていないようだ。脈は速いが、心臓の音も悪くない。ただし、挟まれた脚が簡単には抜けそうになかった。

「井川、点滴頼む」

俺はすぐさま井川から点滴のボトルを受け取り、ラインを確保した。

「どれくらいで救出できますか？」

レスキュー隊に尋ねるも、「少しかかりそうです」という返事。彼が挟まっている車両に覆いかぶさるようにして、別の車両が重なっているのだ。

こうした場合、今は意識清明でも、クラッシュシンドロームの心配をしなければならない。

クラッシュシンドロームとは、長時間重量のあるものに手足を圧迫され、血流が遮断されたときに起こる症状のことだ。圧迫が解消されて血液が循環し始めた瞬間、壊れた筋肉から発生したカリウムやミオグロビンなどの毒性物質が全身に広がり、心臓や腎臓といった臓器がやられて死に至る。

「できるだけ早くお願いします」

「はい」

俺たちが話していると、生駒さんがうっすらと目を開けた。

「あんた……」

「意識があってよかった。今、助けるからもう少し耐えて」

彼は俺に気づいたらしく目を丸くしている。

「違う医者はいないのか?」

「いるにはいるが、ほかにも処置が必要な人がいて回せない」

肋骨骨折による血気胸で胸腔ドレナージの処置を行った負傷者をヘリで搬送すると、安西から無線で連絡があったばかりだ。

「お前じゃ死ぬ」

「それは、俺の医師としての技量を心配しているのか、京香の復讐でもされると思っているのかどっちだ」

挟まれている脚の確認をしながら尋ねると、彼は黙り込んだ。

「俺たちの仕事をなめないでくれ。目の前に患者がいたら、たとえ親の仇であろうが助けるだけ」

京香の両親の死を目の当たりにして医師になると決意したあの日から、その気持ちは揺らがない。

「それと俺、一応同僚ドクターから最後の砦と言われてるから安心しろ。脚の感覚はあるか？」

「……ない。俺の脚どうなるんだ」

どうやら信頼はしてくれたらしいが、本来すべき心配で恐怖を抱いたようだ。

「元通りになるように全力を尽くす。一旦離れる」

そう伝えると、彼は怒りをあらわにする。

「やっぱり殺す気じゃねぇか」

「脚以外には、右腕に骨折があるが腹腔内出血もなさそうだ。頭を打っているだろうから検査が必要だが、今できることはない。でも、ほかのけが人にできることはあるんだ。レスキュー隊が必死に作業をしてくれている。安心しろ。絶対に見捨てたりはしない」

ほかにも倒れている人がいる。彼に搬送の優先順位が一位となる赤のトリアージタッグをつけた俺は、そちらの処置に向かった。

何人かを救急車で近隣の病院に送り出したところで、安西の乗るヘリが戻ってきた。彼は子供を乗せた救急車を見送ったばかりの俺のところに飛んでくる。

「綾瀬先生」

「一名、透析が必要だ」

「クラッシュですか？」

すぐに察した彼にうなずいてみせる。

「ここからだと野上が早いだろうな。負傷者は東京の人間だし、うちの病院に運ぶよりいいはずだ」

搬送先は、その傷病を治療できるドクターや施設が整っていることがもちろん最重要だが、搬送者の住まいなども考慮する。その人を支える家族がいる場所にできるだけ近い病院を選択するのが普通だ。

「ほかは？」

「残念だが、ひとり亡くなられた」

原形をとどめない車の助手席で、死亡を確認した。

「今残っているのは、レスキューが作業している車の下にいる男性と軽症者だけだ。軽症者は救急隊に病院の手配も任せた」

あとは生駒さんに全力で集中する。

野上総合病院への搬送依頼を安西に託して、生駒さんのもとに走る。彼は苦しそうに顔をゆがめており、ついていた井川が必死に励ましていた。

「もう少しだぞ」

「戻ってきたのかよ」

　悪態をつかれて少し安心した。しかし、クラッシュシンドロームの怖いところは、直前まで笑っていた人の心臓が止まるケースがあることだ。

「約束しただろ」

　そう言うと、彼はかすかに口角を上げた。

「次、ここを持ち上げます」

「合図ください。引っ張り出します」

　レスキュー隊が車両を動かしてできた隙間から、駆け付けた安西とともに生駒さんを引っ張る。

「痛ぇ！」

「わかってる。頑張れ」

　恰好をつけたいはずの彼が涙をぽろぽろ流す姿を見ているだけで、苦痛に耐えているのはわかる。

　次第に見えてきた脚は、骨折しているせいでおかしな方向に曲がっている。骨盤骨折もありそうだ。

俺は安西、そしてレスキュー隊員と息を合わせて、なんとか彼を車両の下から助け出した。

「井川、メイロン入れて。すぐに運ぶぞ」

すぐさま薬剤の追加を指示し、担架に乗せる。

「小日向、飛べるか」

「もちろん」

ヘリで待機している小日向に無線で連絡を取ると、頼もしい返事が来た。

それから俺たちはヘリに乗り込み、野上総合病院へと向かった。

過去との決別

後輩の指導で遅くなったその日。美容室まで迎えに来てくれた海里くんは、多重衝突事故現場での処置をしたらしく、少し疲れた様子だった。

多重衝突事故と聞くと、否応なく父と母が亡くなった事故現場を思い出すのだが、海里くんにとってはそうした光景は日常茶飯事なのだろう。毎日奮闘している彼には頭が下がる。

食事に行く約束をしていたのだが、それならお弁当を買って帰ろうと提案すると「ごめんな」と申し訳なさそうに謝るので、少し驚く。

「なんで謝るの？　これからずっと一緒にいるんだから、いつでも食べに行けるでしょう？」

ハンドルを握る彼にそう伝えると、沈んでいた表情がたちまち明るくなった。

「京香ってさ」

「なに？」

「殺し文句、いくつ知ってるの？」

「こ、殺し文句？」

もしや、『これからずっと一緒にいる』と言ったこと？

「久しぶりに会ったら、すっかりあか抜けた大人になってるし、散々俺の忍耐を試すようなこと言うし」

「言ってないでしょ」

そのまま海里くんに言い返したい。

彼は高校生の頃から容姿ができあがってはいたけれど、仕事がハードだからか体はさらに鍛えられていて引き締まっているし、時折見せる凛々しい表情にドキッとさせられる。

そんなことを考えていたら、昨晩のベッドの上の彼を思い出してしまい、なんとなく顔をそむけて窓の外に視線を移した。

「言っただろ。もっと触って。気持ちよく――」

「あーあー、聞こえません」

なんでばっちり覚えてるのよ。

恥ずかしすぎて、全身がカーッと火照りだす。

赤信号でブレーキを踏んだ彼は、いきなり私の肩に手を回して引き寄せた。

「これなら聞こえる?」

わざとなのか、耳元で甘ったるい声を出す彼は、息を吹きかけてくる。それだけでゾクッとしてしまうのは、彼に植えつけられた快楽がよみがえってくるからだ。

「俺はもっと触りたいけどね、京香の全身」

とんでもない色香を放ちながらそう言う彼は、私の耳朶を食んでから再び車を走らせた。

ダメだ。ドキドキしすぎてまともに息が吸えない。

まっすぐに前を見据えて瞬きを繰り返していると、海里くんがくすくす笑っている。

私に余裕がないのをわかっていて、わざとあんなことをしたんだ。

「もう、ひどい!」

「俺だけドキドキするなんてずるいだろ。京香が隣にいるだけで心臓飛び出てきそうなんだよ」

「嘘……」

いつも澄ました顔をしているくせして。

でも、こんな私にドキドキしてもらえていると考えると、うれしかった。

「先生、バイタルが安定しません」

彼がそんなふうに言うので噴き出してしまう。

海里くんと一緒にいると、どんなに疲れていても笑顔になれる。それは彼も同じかもしれない。疲れた顔がいつの間にかほころんでいた。

コンビニにでも寄るのかと思いきや、マンション近くのイタリアンレストランで、ムール貝やローストビーフなどが盛りつけられたオードブルを購入して帰宅した。

「贅沢」

「しっかり食べないと体力持たないだろ」

たしかに、美容師も一日中立ち通しなので体力はいる。過酷な現場に向かう彼は、それ以上だろう。

「……なんてな。京香がいるから、恰好つけた」

白状する彼は、白い歯を見せる。

「そんなところで見栄張らなくてもいいから、海里くんはいつだってかっこいいよ」

コップを準備しながら言うと、近づいてきた海里くんにいきなり腰を抱かれて目を瞠る。

「だから、襲われたいのか？　俺の体力なめんなよ」

少し不機嫌に言い放った海里くんは、私の顎をすくい強い視線を送ってくる。

「頭の中、抱きたいばっかりなんだからな。これくらい許せ」

彼はそう言うと、熱い唇を重ねた。

「好きだ」

離れた隙にそうささやいた彼は、角度を変えてもう一度唇をふさぐ。

照れくさいのに、甘美なしびれに襲われて、もっとしてほしいと願ってしまう。彼のシャツを強く握ると、冷蔵庫に押しつけられて舌が入ってきた。

「んっ……」

息苦しくて厚い胸板を押し返してもびくともしない。

互いの唾液が混ざり合い、全身が熱を帯びてくる。

もっと、もっと欲しい。彼以外のなにも見えなくなるくらい。

大好きな海里くんが、こんなに私を求めてくれる。そう思うと、最高に幸せだった。

「誰にも渡さない。誰にも」

ようやく唇を離しそう繰り返す海里くんは、私を強く抱きしめた。


その晩。海里くんは私をベッドで抱きしめた。

情熱的なキスで高ぶっているのか、下腹部に硬いものが当たっているけれど、「昨日の今日では京香が壊れる」と我慢してくれるようだ。

「慣れたら毎日しような」

「ええっ」

「大丈夫。京香から欲しいと言わせるから」

その自信はどこから来るのだろう。たしかに、彼のキスはとろけるように甘いけれど。

「明日もヘリに乗るんでしょ？　しっかり寝ないと」

「……うん」

珍しく歯切れの悪い返事が気になる。

「俺……京香に恨まれることしたかも」

「恨まれるって、なに？」

物騒なことを言いだす彼に驚いて体を離すと、彼は小さなため息をついた。

「今日、生駒さんを助けた」

「えっ！」

驚きのあまり跳ね起きる。すると彼も上半身を起こして、続けた。

「多重衝突事故があったと話しただろ？　彼はその現場にいて、車両に脚を挟まれてたんだ」

「それで？　大丈夫だったの？」

「初見では、内臓に損傷はなさそうで話もできたけど、長時間挟まれて動けなくて、クラッシュシンドロームという死に至る症状の懸念があった」

「……もしかして」

最悪の事態が頭をよぎり、声が震える。

「大丈夫だ。結論から言うと、病院に搬送してことなきを得た。俺がもといた病院に運んだんだけど、託した堀田というドクターからさっき連絡があって、俺にありがとうと伝えてくれだってさ。敵に塩を送っちまった」

「ありがとう」

私は彼の胸に飛び込んだ。

「は？」

「助けてくれて、ありがとう。彼に万が一のことがあったら、たくさんの人が悲しむから。大切な人を亡くすのは、すごく苦しいから」

「京香……」

多重衝突事故と聞いてから、父と母の顔がずっと頭をよぎっている。たとえ恐怖を感じた相手だとしても、命を落としてほしいとは微塵にも思わないのだ。

「ごめん。ひとり助けられなかった」

海里くんの落胆した声が耳に届いて、胸が痛い。

私は体を少し離して、彼の目を見ながら口を開いた。

「海里くん、力を尽くしてくれたんでしょう？　海里くんじゃなかったら、生駒さんだって命を落としていたかも。ありがとう、ありがとう」

「できることはした。助けられない命があるのは残念だけど、これからも全力を尽くす」

「うん」

海里くんは、生駒さんに付きまとわれたうえ、悪者にされてつらかった私に申し訳ないと思ったのかもしれない。でも、目の前の患者を見殺しにするような人だったら、彼を好きになんてなっていない。

「ひとつ言っておくと、生駒さんは海里くんの敵なんかじゃないよ。私が好きなのは海里くんだけだから」

もう一度胸に飛び込み、そう伝える。私の心を占領しているのは、海里くんだけ。

彼は、生まれたときから決まっていた運命だと話していたけれど、ほかの男性になんて目が行かない自信がある。

「まったく……」

あきれ声が聞こえてきて、なにかまずいことを言ったのだろうかと心配になる。

「お前、無意識に男を煽りすぎ。人がせっかく我慢してるのに」

海里くんは私をベッドに押し倒して見下ろしてくる。

「俺はお前に夢中なんだよ。ストッパーなんてすぐに外れるんだからな」

「あ、明日仕事でしょ？」

「それがどうした」

夢中だと言われてうれしい反面、変なスイッチを入れてしまったようで焦る。

まずい。彼の目が輝いている。

「わ、私も仕事」

「そうか。それじゃあ優しくしないとな」

にやりと笑う彼は、あっという間に私の唇をふさぎ、パジャマの裾から大きな手を滑り込ませた。

訪問美容が実現したのはその一週間後。

初めての試みに緊張しながらも、臨海総合医療センターへと向かった。

海里くんは今日もドクターヘリの担当で、私が病院に到着した十四時にはヘリポートにヘリがなかった。

「頑張って」

少し涼しくなったものの、走り回る海里くんにはまだまだ暑い季節だ。体力お化けの彼だけど、ヘリ乗務が続くと疲れた様子も見えるので、妻としては少し心配している。

担当者にあいさつをした私は、早速病棟に向かった。

最初のお客さまは、摂食障害で入院している高校生の女の子。拒食だったのが少しずつ食べられるようになって体重が戻ってきたのだけれど、ふっくらした頬を見て、また食欲が落ちているのだとか。

そんな話を聞き、ヘアメイクで自信をつけられないかと提案したのだ。

「どんな髪型にする？」

持ってきたヘアカタログをその患者——吉穂(よしほ)ちゃんに見せて相談を始める。

「どんなのでもいい」

目の前に置いた鏡を見ようとしない彼女は、ぼそっと言った。

「そっか。吉穂ちゃんは面長さんだから、ウルフカットとか似合うかも」

カタログをめくって髪型を提案すると、興味のなさそうな彼女から「それでいいです」と投げやりな返事が来た。

これは頑張らなければ。

絶対に彼女を笑顔にさせたいと、はさみを入れ始める。

「こういう髪型したことある？」

「ううん。いつもまっすぐ切るだけ」

彼女の癖のある髪はボリュームがあり、少し重く感じる。レイヤーをたっぷり入れながら整えていった。

ブローで仕上げると、彼女が鏡の中の自分をじっと見つめているのに気づく。

気に入ってくれたのかな。

そう感じたのは、カットを始める前より表情が柔らかくなっているからだ。

「これね、ブローするときブラシをこう動かしてみて。高校を卒業したら、緩いパーマをかけちゃうのもありかも」

「……あの」

「ん？　なんでも聞いて」

おどおどしつつも私をちらちら見ている彼女に笑顔で答える。

「田崎さんに切ってもらえるのは、この病院だけ？」

「普段はアクアというお店にいるの。よかったらいつでも来て。ねえ、ちょっとメイクもしちゃう？」

彼女が自信を取り戻しつつあるのではないかと思った私はそう提案した。すると、恥ずかしそうにはにかみながらもうなずいてくれる。

「きれいな肌をしてるから、軽いメイクで十分そうね」

聞けば入院したばかりの頃は、栄養不足で肌もぼろぼろだったそうだ。今は状態もよくなってきているので、このまま保ってほしいと期待しながら話し、メイクを始めた。

オレンジ寄りのピンクのチークを入れ、唇には薄付きのベビーピンクのグロスをたっぷりのせる。

「できた」

メイクを始める前より顔色がよく見える。

吉穂ちゃんはしばらく鏡を見つめたままなにも言わない。

私はドキドキしながら、彼女の言葉を待った。

「……私、また恋してもいいのかな？」

「もちろんだよ。こんなにきれいなんだもの、自信を持って」

彼女が食べられなくなったのは、好きな男の子に容姿をからかわれたのがきっかけだという。

けれど、その男の子が吉穂ちゃんの運命の相手ではなかっただけだ。

「田崎さん、ありがとう」

「どういたしまして」

初めてのお客さまを笑顔で送り出せた私は、訪問美容に携われてよかったと心から感じた。

その後も四人のカットを担当し、訪問美容はうまくいった。

病院の担当者やナースも「ぜひまた来てください」とか「次はいつですか？」とか尋ねてくれて、役に立てたのだとうれしかった。

本店の渡会さんに成功の連絡を入れて、業務は終了。道具の入った大きめのバッグを持ち、救命救急科に向かった。終わったら待っていてほしいと海里くんが話していたからだ。

窓から見える遠くの山にかかる紅霞が美しく、日の入りが少しずつ早くなっているように感じられる。

あっという間に秋がやってくるのだろうなと思いつつ、海里くんに再会してからの目まぐるしい変化に思いを馳せた。

友奈は少しずつ仕事を始めたようで、本店で一日に数人だけ予約を受けているという。彼女に海里くんと気持ちが通じ合えたことを打ち明けたら、涙を流して喜んでくれた。

生駒さんは海里くんの元同僚のドクターたちの奮闘もあり、順調に回復しているという。骨折がひどいためしばらくは治療に専念し、仕事もすべてキャンセルせざるを得なかったようだ。しかし本人は、命が助かったのだからと前向きらしい。

海里くんと私は、本当の夫婦になってから、毎日様々な会話を交わしている。彼の友人でもあるドクターヘリパイロットの小日向さんが、挙式はまだかと急かしてくるらしく、近々式場見学に赴く予定だ。

「お疲れ」

海里くんの声が聞こえたと思ったら、処置室から出てきた。まだフライトスーツ姿の彼は、にっこり笑う。

海里くんのうしろから同じフライトスーツに身を包んだ男性が出てきた。海里くんは背が高いが、その男性も同じくらい高い。ふたりとも小顔でスタイルがよく、モデルが並んで歩いているかのようだ。

私がイスから立ち上がると、近づいてきた。

「パイロットの小日向」

「あっ。初めまして。しゅ、主人がお世話になっております」

海里くんのことを初めて〝主人〟と口に出したせいで、顔が火照ってきた。

「初めまして。想像以上にかわいい方だ」

あいさつをすると、小日向さんが目を細めて漏らす。

「セクハラだ」

「お前もいつもかわいいかわいいと言ってるだろ」

「黙れ」

目をキョロッと動かして少し照れているような海里くんが新鮮だ。でも、そんなふうに話されているとは。私も気恥ずかしい。

小日向さんとの遠慮のない会話から、ふたりの関係のよさが見て取れた。

「小日向が式場を紹介してくれて」

「ありがとうございます。小日向さんはどちらで？」

紹介してくれるということは、挙式の経験があるのだろうと尋ねたら、海里くんが口を押さえて笑っている。

「あー。俺はこれからってことで」

「そうでしたか。すみません」

既婚者だと早とちりした私は謝ったが、海里くんはなぜかずっと楽しそうだ。

「いえいえ。それじゃあ、お邪魔虫は消えます。京香さん、そのうち一緒に飯でも食いましょう」

「ありがとうございます」

小日向さんに頭を下げると、彼は去っていった。

彼を見送った海里くんは、なぜか眉をひそめて「来たか」と意味のわからないことをつぶやいている。

「どうしたの？」

「いや、なんでもない。それより、小日向と飯なんて食わなくていいから」

「ねえ、それ妬いてるの？」

海里くんの反応がおかしくてそう聞くと、彼は真顔になる。

「京香は俺の妻なんだから、当然だろ」

あたり前の顔で嫉妬をむき出しにする海里くんは、私の肩に手を置いて近づいてくる。そして少しかがむので、キスをされるのではないかとドキッとした。

「まつ毛なんて入ってないぞ」

「ん？」

彼が不思議なことを口にするので、首を傾げる。

「まつ毛が入って痛いと涙を流していたのは、目薬を使ったのか？」

険しい表情の海里くんがますます意味不明な発言をする。

「なあ、京香を傷つけてただで済むと思うな」

海里くんがそう言いながら振り向いたとき、彼の大きな体の向こうに、恵麻ちゃんが立ち尽くしているのが見えた。海里くんは彼女に向けて話していたのだ。

「目薬って？」

「京香に写真のことを聞いて、当時のことを思い出したんだ。俺の前を涙を流しながら横切ったのも、計画的だったんだな。心配して声をかけたら、まつ毛が取れなくて痛いから見てほしいと」

「そんな……」

それじゃあ、あのキスの写真はそのときのもの？

ハッとして恵麻ちゃんに視線を送ると、彼女は顔をこわばらせている。

「中学と高校の同級生に連絡を取って、あの頃の話をいろいろ聞いた。そうしたら、京香に負けるなんてありえないと息巻いていたそうじゃないか。でも、成績では京香に敵わなくて、仲がよかった俺を京香から奪ってやろうと考えたんだな」

海里くんとキスをしたというのも、彼が私を重いと感じているというのも、全部私を陥れるためについた嘘だったなんて。

吉武家で邪魔者扱いをされ、一切の反論を許されず、我慢に我慢を重ねた。

それでもなんとか踏ん張れていたのに、もう限界だと家を出ることに決めたのは、彼女のふたつの嘘のせい。心の支えだった海里くんまで失い、逃げる以外に選択肢がないほど追い詰められたのだ。

「ひどい……」

その嘘のせいで、どれだけ苦しかったか。

「きょ、京香ちゃんが悪いのよ。海里くんに会わせてほしいとお願いしても無視するし」

「京香が悪い？　両親と一緒になって京香をいじめてたんだろ。京香に弁当を作らせておいて『こんなかわいくない弁当は食べられない』と家の前で投げつけたそうじゃないか」

「そんなことしてない」

恵麻ちゃんは目を泳がせながら否定するが、これは事実だ。しかし海里くんが知っているとは思わなかった。

「そうか。それじゃあ、近所の人が嘘をついたんだな。もう一度話を聞きに行ってもいいが」

海里くんが恵麻ちゃんをにらむと、彼女は言葉をなくす。

「ほかにもあるぞ。テストの前になると勉強の邪魔をするために、わざと遠くの店を指定して、京香に使い走りをさせていたらしいな。しかも特に必要ないものを。それを学校で楽しげに話していたそうじゃないか。これはお前と同じ高校に行った複数の同級生から聞いたけど」

これも事実だ。『居候なんだからこれくらいしなさいよ』と、有無を言わせず外に放り出された。

「そんな扱いを受けているのに、友人を紹介しろと言われて素直に従えるか？　俺なら近寄らせたくない」

苦々しい思い出がよみがえり唇を噛みしめると、海里くんが私の腰を抱いた。

「そもそも、本当に俺が好きなのか？　京香に勝ちたかっただけだろ。今もステイタスの高い男と付き合うことで、自分の価値を高めたいだけじゃないのか？　時々顔を出さなくなるが、その時期はほかの男と付き合っていたらしいじゃないか」

事実なのか、恵麻ちゃんは顔をゆがめて視線を伏せる。

「商社やコンサルのエリート、弁護士もいたそうだな。それで捨てられると、俺がよりを戻したいと言うから仕方なく別れたと吹聴（ふいちょう）してたとか。俺がいつ、お前と付き合ったんだ」

海里くんの口から飛び出す数々の事実があまりにひどいもので、愕然として言葉を失う。

私だけでなく、海里くんまで貶（おとし）めていたなんて許せない。

「ち、違う。私は海里くんが本当に好きで」

「いや、俺じゃなくて医師という地位が好きなだけ。俺は見栄を張るための押さえの駒だったわけか」

トーンを抑えて抑揚なく語る海里くんが、静かに怒っている。

「京香から連絡が入ると話してたな。京香は吉武家に連絡したことがないらしいが」

「そ、それは……」

嘘が暴かれていく恵麻ちゃんは、眉根を寄せてうつむいた。

「俺の京香への気持ちまで利用したんだな」

「そうじゃない」

「じゃあなんだ」

彼女は必死に言い訳をしようとしているものの、なにひとつとしてまともな反論が聞こえてこない。嘘で塗り固められた恋心など、真実の前ではもろすぎた。

「俺は、京香以外の女を好きになったこともないし、これからも好きにはならない」

海里くんのそんな言葉が耳に届いて、胸がいっぱいになる。黙って消えた私を、これほど長く想い続けてくれていたなんて。

「お前とお前の家族は、京香の人生をめちゃくちゃにしたんだ。許せない」

拳を震わせ強い怒りをあらわにする海里くんは、唇を噛みしめる。

「謝れ。京香に誠心誠意謝れよ」

海里くんがそう促したが、恵麻ちゃんはうつむいたまま微動だにしない。

「恵麻ちゃん」

私が話し始めると、恵麻ちゃんはようやく顔を上げた。

「海里くんは、私の旦那さまなの」

「旦那さま?」

私たちの結婚を知らなかった彼女は、目を見開いている。

「そう。私たち結婚したの。海里くんは、恵麻ちゃんには絶対に渡さない。だって、海里くんを想う私の気持ちは、誰がなんと言おうと世界で一番重いから」

重荷になっていると告げられて、海里くんの前から消える選択をした。けれど彼は、どんなに重くたって受け止めてくれるだけの大きな器を持っているのだ。

それに、あの頃とはもう違う。私は彼に一方的に寄りかかる存在ではなくなった。きちんと自分の足で立てていると自信を持って言えるから、ためらうことなく私の重い気持ちを伝えたい。

私を前向きにさせてくれたのも、海里くんだ。

「私、恵麻ちゃんの嘘のせいで海里くんのことをずっと誤解してた。でもね、一日も忘れたことはないの、嫌いになったことは一度もない」

それどころか、会えない時間が長くなるほど想いが募っていった。

「残念だけど、恵麻ちゃんの負けだよ。私たちの絆が勝ったの」

そう言うと、私の腰を抱く海里くんの手に力がこもる。

「私……海里くんの名誉まで汚した恵麻ちゃんは許せない」

全部私のせいにして逃げた生駒さんと同じだ。自分をよく見せるために他人を落とすなんて、最低としか言いようがない。

「そんなことをしたって、恵麻ちゃんの価値は上がらないんだよ。恵麻ちゃんの嘘のせいで苦しかったけど、ひとつだけ感謝してる。必死に努力しないと生きてこられなかったから、私は今、堂々と海里くんの隣に立っていられる。誰かに貶められても、胸を張っていられる」

崖っぷちに立たされて必死に這い上がるしかなかった日々を思うと、感情が高ぶりすぎて声が震える。しかしそのおかげで、一流の店で美容師として認められるまでになれた。助けてもらいながらも努力してきた日々は、私の宝物だ。

「でも、もう二度と誰かを傷つけないで。他人を下げて優位に立つんじゃなくて、自分が努力して！」

本当は彼女を見るだけで、息苦しくなる。けれど、海里くんが隣にいてくれるから逃げずに、自分の気持ちをぶつけられた。

「……ごめん」

「許さないよ。恵麻ちゃんが自分の力でなにかを勝ち取るまで許さない。どんなことでもいい。他人の力に頼ってばかりじゃなくて、ちゃんと自分の足で歩いてよ。恵麻ちゃんならきっとできるから。いつか私の前で胸を張れるようになったら会いに来て。そのときは一緒にご飯食べよ」

先日ここで再会するまで、彼女がどう生きているか知らなかった。しかし海里くんの話を聞いて、まったく変われていないのだと知り、残念だった。

その点、私は前に進めているのだと自信が持てたし、今の彼女に負ける気はしない。

「どっちが幸せになれるか、競争だからね。もちろん、手加減はしないよ」

そう伝えると、彼女は大粒の涙を流し始めた。

「ごめんなさい。ごめん……。海里くんをひとり占めできる京香ちゃんがうらやましくて……」

「それは京香に、それだけの魅力があるからだ」

海里くんがきっぱり言いきってくれる。

「成績も全然追いつけないし、お母さんからなんで京香ちゃんに負けてるのっていつも叱られて……。でも、京香ちゃんを傷つけるなんて間違ってた。本当にごめんなさい」

彼女が深々と頭を下げたとき、ようやくすべての苦しみから解放された気がした。

すべてを終わらせるために恵麻ちゃんを呼び出したのは、海里くんだったようだ。

顔をくしゃくしゃにして謝った恵麻ちゃんは、肩を落としながら帰っていった。

彼女と別れたあと、私たちはちょっとおしゃれなフレンチレストランに赴き、過去との決別を乾杯した。

「海里くん、お酒飲める?」

今日は車の運転があるからと控えた海里くんだけれど、彼がアルコールを口にするところを見たことがない。

「飲めなくはないけど、飲まないかな。救急のほうのオンコールもあるし、万が一にも翌朝残っていたら判断が鈍る。一瞬のためらいで人の命が失われる恐れがあるんだから、飲めないなんて大したことじゃない」

それを聞き、フライトドクターとしての強い覚悟を感じた。

「海里くんはすごいね。私はまだまだだ」

それなりに努力してきたつもり。働きながら夜間の学校に通う日々はなかなかハードで、睡眠不足のあまり倒れそうになったこともあったし、思い通りにカットができず、悔しくて休日を丸々カットの練習にあてることもざらにあった。

けれど、毎日毎日誰かの命と向き合い、ときには救えないことに絶望しながら技術を磨き続けてきた海里くんの努力には敵わない。

「京香は頑張りすぎだ。俺たちみたいに直接誰かの命を救うことはなくても、京香のヘアメイクで心が救われた人は数えきれないほどいるはずだ。指名、たくさん入るんだろ？」

海里くんの言葉に、摂食障害の吉穂ちゃんの顔が浮かんだ。メイクを終えたとき、彼女の表情はあきらかに変わっていた。私の手助けで、自分の魅力に気づいてもらえたのだとしたらうれしい。

「そうだね。本店のお客さまで、私に切ってほしいと千葉まで来てくださる方がいるの。ほかにも異動を残念がってくれる方もいるって」

「ほら、やっぱり京香はすごい。努力は必ずしも実るとは限らない。だからこそ研鑽を続けるのがつらいときもあるけど、足を止めたら終わりなんだ。それ以上の自分には出会えない」

彼の発言に深く共感してうなずく。

「訪問美容も始めてよかった。また手探りだけど、患者さんが元気になる手助けができたらいいなと思ってる」

そう伝えると、海里くんは満足そうに微笑んだ。

「好きなんだよな」

「えっ？」

「京香がそうやって夢や希望を語るとこ。ますます惚れる」

「そ、そんな」

頬が赤く染まってしまうから、他人の目のある場所でそんな甘い言葉を口にしないでほしい。

「俺も京香に助けてもらいながら、もっと努力する。ひとつでも多くの命を救う」

「うん。お願いします」

両親の事故のとき、海里くんがドクターとして駆けつけてくれたら助かったのではないかと思えるような力強い言葉に、私も気力が湧いてくる。

「でもさ」

スモークサーモンとクリームチーズのテリーヌにナイフを入れる彼が、私にちらりと視線を送り、なぜか意味ありげな笑みを浮かべた。

「なに？」

「疲れるのはしょうがないよな」

「そりゃそうだよ。一日に何回も飛んでるんでしょ？」

最高で八回という日があったとか。出動後病院に戻れず、そのまま別の現場に飛ぶこともあると聞いた。

「そう。だから、京香が癒やすんだよ」

「私？」

「ほかに誰がいるんだよ。俺、アドレナリンが出てるとうまく寝つけないから、放出させてくれないと」

「どうやって？」

なにをしてあげればいいのかと真剣に尋ねると、彼は肩を震わせて笑っている。

「そんなの決まってるだろ。興奮を静める方法なんてひとつしかない」

まさか、エッチ？　だから笑ってるの？

目を点にして固まっていると、彼は素知らぬ顔でテリーヌを口に運ぶ。

「京香が食べ物を咀嚼してる姿を見てるだけで、滾る」

「変態」

「変態だけど、なにか？」

小声で抗議したものの、どこ吹く風だ。

「そんな俺が好きなくせして」

決してそういうところが好きになったわけじゃない。

「安心して。すぐに京香もこっちに引きずり込むから。俺なしでは眠れなくする」

「結構です！」

むきになってお断りすると、彼は笑いを噛み殺していた。

私が食事をする姿に高ぶったらしく、その晩も抱かれた。

優しく、そして丁寧に全身に舌を這わせる彼が、慣れない私を気遣ってくれているのがよく伝わってくる。そのせいか愛撫が丁寧すぎて、何度もひとりで達してしまう。

「あっ、いやっ……」

「嫌じゃないだろ？　そのまま感じてろ」

胸の尖り（とが）を舌で転がす彼は、下腹部の敏感な部分を指でもてあそぶ。

体が溶けてなくなりそうなほど快楽の沼に引きずり下ろされて、力が入らない。

「んっ……ヤダ。もう……」

「イッていいぞ」

「あぁぁっ」

耳元で官能的にささやかれた瞬間、足の先まで電流が走り、背をしならせた。

「やばい。イッたときの京香の顔、最高にエロくて病みつきになる」

「見ないで」

自分ではどうにもならないのだから。

恥ずかしさのあまり両手で顔を覆ったのに、すぐにはがされてしまった。

「なんで？　最高にかわいいのに」

彼はことあるごとにかわいいと褒めてくれるが、それがまた面映ゆくてまともに顔を見られない。

「京香。俺を見て」

しかし許してはもらえなかったようだ。顎を持ち上げられて視線が絡まった。

「お前に興奮して、おかしくなる俺もちゃんと見てろ。京香になら、全部見せられる」

「海里くん……」

「だから京香も、全部見せて。もっと俺で乱れて」

海里くんもすべてさらけ出すのは恥ずかしいのだろうか。

そんなふうには見えないけれど、乱れても平気だと言われたようで、ほんの少し肩の力が抜ける。

「京香が悶えるように仕向けてるんだから、俺が」

「あぁ……んっ」

その瞬間、彼が入ってきたせいで甘い吐息が漏れた。

「はぁ、気持ちいい」

最奥まで腰を送り込んだ海里くんが、恍惚（こうこつ）の表情でため息を漏らす。それを見ているだけでまた達してしまいそうになるのはおかしいだろうか。

「京香を抱ける日が来るなんて……」

しみじみとそう口にした彼は、私の額に唇を押しつけてくる。

「最高に幸せだ」

優しく微笑んだ彼は、深いキスを落とした。

エピローグ

海里くんと心が通い合ってから、気持ちが充実している。ちょっと……いや、かなり夜が激しくて腰が砕けそうになる毎日ではあるけれど、不思議と翌日は元気に走り回っている。

「今日はいいお天気ねぇ」

臨海総合医療センターを訪ねた私は、八十五歳の女性患者さんの髪を切りながら話をしていた。

「もう秋がすぐそこですね。少し空が高くなってきました」

余命宣告されているという女性は、退院の見込みはないそうだ。それでもおしゃれがしたいと強く希望されて、今日を迎えた。

「あの空の向こうで、お父さんが待ってるのよ」

「旦那さまですか？」

「そう。もうすぐ会えるから、きれいにしておかなきゃって」

女性がヘアメイクを熱望した理由が切ない。しかし、旦那さまとの絆を感じて、ほっこりした。

「素敵な旦那さまなんですね」

「そうよ。優しくて紳士でね。あなたは結婚されてるの？」

「はい。あのヘリコプターに乗っているんです」

病室からちょうど見えるドクターヘリを指さして言うと、女性の目が大きくなった。

「あら。お医者さま？」

「そうです。私の主人も、優しくて素敵な男性です」

「ふふ。お会いしてみたいわ」

「話しておきます」

海里くんならふたつ返事でお見舞いに来てくれそうだ。

メイクも施して鏡を見せると、女性の目に涙が浮かぶ。

「お父さん、きれいって言ってくれるかしら」

「もちろんですよ。きっと今も空から見ていらっしゃいます」

「最後に願いを叶えてくれて、ありがとう。……ありがとう」

お礼を繰り返す女性は、私の手を握って静かに涙をこぼした。

その女性は、ちょうど一週間後に旦那さまのもとへと旅立った。その日も訪問美容に訪れていた私は、仕事の終わった海里くんと一緒に病院を出たところで、宵の空を見上げて手を合わせる。

「旦那さまに会えましたか？」

「また惚れられて大変でしょう？」

空に向かって語りかける海里くんは、私が女性のことを伝えたら、仕事が終わってから会いに行ってくれた。

旦那さまの話題で盛り上がったと楽しげに語る彼から、『覚悟を決めているようだった』と聞いたときは胸が痛んだ。でも、私がヘアメイクをしてから口紅を欠かさずつけていると聞いて、穏やかにそのときを迎えられたのではないかと、勝手に思っている。

「約束通り、俺たちもおふたりみたいな夫婦になりますから、見ててください」

海里くんがそう付け足すので顔を見上げると、柔らかな笑みを浮かべている。

「約束したの？」

「そう。奥さん素敵な人ねって褒められたから、世界で一番愛し合ってますって話したんだよ」

「え……」

　絶句する私を海里くんは笑っている。

「そうしたら、絶対に私たちの愛のほうが強いって譲ってもらえなくて。それなら、俺たち夫婦はおふたりのあとに続きますって約束したんだ」

「そっか」

　そんなことを争うふたりがおかしいけれど、なんだかとても優しい気持ちになれる。

「なあ、京香」

「ん？」

「患者さんを笑顔にしてくれてありがとう。俺たちは、病気やけがを治すことはできても、なかなか心のケアにまで時間を割けない。救命救急は特にそう。病棟のナースや京香たちみたいな人がいてくれて、ようやく医療は完結する。それを改めて感じたよ」

　しみじみと語る彼は、とびきり優しい自慢の旦那さまだ。

「どういたしまして。でも、海里くんたち最前線で闘うドクターがいないとできない仕事なんだよ。海里くん、いつもお疲れさま」

　きっと今日も、数々の傷病者を救ったはずだ。

「もう、さ……」

「どうしたの？」

髪をかき上げて眉をひそめる彼を見て、まずいことを言ったのかと緊張が走る。

「最高にいい女だな」

「あっ……」

私の腰を引き寄せた彼は、あっという間に私の唇をふさいだ。


雨がしとしとと降り続く九月中旬。

久しぶりに休みがそろった私たちは、買い物デートに出かけることにした。

「せっかくの休みなのに雨かぁ」

「いいじゃないか。こうして堂々と密着できるし」

私に傘をさしかける海里くんは、肩を抱いてくる。

「あれっ、そのために傘一本にした？」

先ほど車から降りるとき、荷物になるから一本でいいと言うので、そうしたのだ。

「あたり前だろ」

少しも悪びれた様子がない彼に噴き出す。

「京香と一緒なら、雨が降ろうが槍(やり)が降ろうが楽しいからいいんだ。ほら、今日は思う存分買うぞ」

「えっ。一、二枚だよ？」

仕事のときに着る洋服を見たいと話したら、なぜか彼が乗り気なのだ。

「俺が買うから。その代わり、俺の趣味に染める」

「はいっ？」

今日の彼は、白いTシャツに細身のブラウンのチノパン。黒のジャケットで締めて、足元はダークブラウンのスエード靴。シンプルだけど、実はしっかり計算してそうなコーディネートを見るに、センスは抜群だ。

そんな彼が選んだ洋服なら間違いないような気もするけれど、〝俺の趣味〟というのが気になる。

「どんな服が好みなの？」

「脱がせやすい服」

自信満々での迷いのない返事に、瞬きを繰り返す。聞くんじゃなかった。

「仕事で着るって話したでしょ？」

「帰ってきたらすぐに抱けるじゃないか。今日のもなかなかいいんじゃない？」

彼は私の全身をチェックして笑みを浮かべる。

ライトブラウンのニットのワンピースに大きめのショールを合わせてきたのだが、たしかに脱ぎ着は簡単だ。

「京香もそのつもりだろ？」

わざとだろうか。耳元で甘くささやかれ、目を白黒させる。

「わけないでしょ。海里くんと一緒にしないで」

恥ずかしすぎて、怒った振りをした。

最近は彼に抱かれる時間が心地よくて、ちょっと楽しみにしているのは絶対に秘密なのだ。

「耳赤いけど、どうした」

耳朶に触れられて、過剰に体をのけぞらせてしまう。

「ごめん。感じやすかったな、耳も」

「もう！」

〝耳も〟と意味ありげに強調する彼には敵わない。ほかも敏感だと言いたいのだろう。

事実なだけに、言い返せない。

「服を見る前に、ランチどう？」

「うん。ちょっとお腹空いた。なににしようか」

もうすぐお昼。早めのランチもいい。

それから大通りを歩きながら、店を選び始める。しかし、足が止まった。

「どうした?」

海里くんが不思議そうに顔を覗き込んでくるので、通りの向こうの家電量販店にある大型ビジョンを指さす。

「ねえ、あれ……」

車いすに乗った、顔の擦過傷が痛々しい生駒さんが映っているのだ。

「さすがにまだ完治はしてないな。でも、一日も早く会見したいと言ったのは彼なんだ」

まるで生駒さんがテレビに復帰するのを知っていたような口ぶりだ。

「せっかくだから見る?」

海里くんに促されてもう少し近くに行き、生駒さんを見守る。きっと事故からの復帰会見なのだろうけれど、まだ俳優の仕事は無理ではないだろうか。

『本日は、私がついた嘘のせいで傷ついた方がいらっしゃるので、謝罪させていただきたく、この場を設けさせていただきました。以前、ヘアメイクアシスタントの方と写真に撮られたとき、しつこく言い寄られていて警察に相談しようと思っていたと話しましたが、まったくの嘘です』

「え……」

まさか、私のことについての会見だとは思いもよらず、目を瞠る。

『私がひと目惚れした彼女に迫りましたが、きっぱり断られました。彼女は悪くありません。この場をお借りして、謝罪させてください。申し訳ありませんでした』

「生駒さん……」

生駒さんの真剣な表情を見て、もうこの先彼は同じ失敗をしないと確信した。

「海里くん、会見するの知ってたの？」

「今日だとは知らなかったけどね。弁護士の九条さんを通じて、謝罪会見をして京香の名誉を回復させると連絡があったんだ」

「そうだったんだ」

事故のニュースが衝撃で、もうあのスキャンダルは皆の記憶から消えつつあったうえ、一介のヘアメイクアシスタントのことなんて誰も気にしていないだろうに。

女性ファンを失うかもしれないのに、わざわざ自分から掘り返して謝罪するなんて、普通はしないだろう。相当の覚悟を感じる。

「海里くんのおかげだね」

彼が事故のとき生駒さんを決して見捨てることなく助けたのが、生駒さんの胸に響いたに違いない。

「俺はあたり前のことしかしてないぞ」

そうさらっと言える彼が、素敵だ。

「かっこいいね、海里くん」

思わずそう言うと、目をそらした海里くんの頬がかすかに上気したような。

自分はあんなに甘い言葉のオンパレードのくせして、こんなことくらいで照れているの？

「ほんと、素敵」

いつもあたふたさせられるので、ここぞとばかりに追加する。もちろん、本音だけれど。

「ランチ、あとにするか」

「どうして？」

「ホテル探そう、ホテル」

「えっ、ちょっ……」

腕を強く引かれて焦りに焦る。すると彼は足を止めて、口を開いた。

「俺をからかうなんて百年早い」

しまった。バレてる。

「ごめん」

「しょうがないな。今晩、京香から誘ってくれるなら許す」

「は？」

とんでもない条件を出されて、間が抜けた声が出る。

「ランチに行くか、ホテルがいいか」

「ランチがいいです」

しょげながら答えると、彼はおかしそうに顔をほころばせた。

「夜は誘ってくれるんだ」

「それはちょっと」

「それじゃあ、誘われたい？」

その質問にコクンとうなずいてから気がついた。これは誘導尋問だ。

案の定にやりと笑う彼は、再び口を開く。

「知らなかったな。誘われるの待ってたんだ」

「違うから！」

その通りだけれど、恥ずかしすぎて肯定できない。

「俺はいつでも準備万端だけど」

「もう！　あれっ……」

赤く染まった顔を見られたくなくて彼に背を向けると、雨がやんでいた。

「上がったな」

ふたりで見上げると、薄いブルーの空が広がっている。

私の人生にかかっていた厚い雨雲もすっかり去り、明るい未来しか見えなくなった。

それも、海里くんという温かくて頼もしい太陽のような存在がいてくれるからだ。

「海里くんはさ、やっぱりすごいや」

「ん？」

「素敵ってこと」

どうしてももう一度伝えたくて口にしたものの、照れくさくて顔を見られない。すると彼は私の左手を取り、薬指に収まる指輪に唇を押しつける。

「京香はそれ以上に素敵だよ。京香に出会えて、最高に幸せだ」

「海里くん……」

そんなふうに言われると、胸がいっぱいで言葉が出てこない。

「それで、どのホテルにする？」

「行きません！」

心地いい余韻をあっさり崩し私を翻弄する彼は、世界一優しい笑顔を見せた。

END

あとがき

ドクターヘリシリーズ第一弾、フライトドクター編はいかがでしたでしょうか。

東京都では多摩地区でしかドクターヘリが運航されていませんので、私の作品ではおなじみの野上総合病院を飛び出してみました。野上のドクターたちも元気に奮闘しているようです。

私はドクターヘリを実際に目にしたことがないのですが、活躍を目の当たりにした経験がある方はいらっしゃるでしょうか。ｗｅｂで検索するとたくさん動画が出てきますので、ぜひご覧になってみてください。

渋滞も関係なくあっという間に目的地に到着できるヘリは、とても心強いですね。とはいえ、ドクターヘリに乗るドクターやナースには、すさまじい負担のかかる仕事なんだろうなと思います。現場では、専門じゃないからとか、検査機器がないからとか、治療経験がないからとか言ってはいられないのですから。あえてその道を選び携わっていらっしゃる方々には、本当に頭が下がります。私なら怖くて逃げ出したくなるかも。私たちはお世話にならないほうがもちろんいいので、健康管理には気をつけましょうね。

ヘリから離れますと、渡会三兄弟の次男も久しぶりに出てきました。これまでに彼をヒーローにというお言葉をたくさんいただいているのですが、レーベル的に難しいと思われるので、素敵な奥さまと、ごくまれに地球が吹っ飛ぶようなけんかをしながらも、幸せに暮らしているとお伝えしておきます。そのけんか、ちょっと覗いてみたい……。

来月発売の第二弾は、あの人が登場します。綾瀬夫婦も出てきますので、合わせてお楽しみいただけますと幸いです。

佐倉伊織（さくらいおり）

佐倉伊織先生への
ファンレターのあて先

〒104-0031
東京都中央区京橋 1-3-1
八重洲口大栄ビル7F
スターツ出版株式会社　書籍編集部　気付

佐倉伊織先生

本書へのご意見をお聞かせください

お買い上げいただき、ありがとうございます。
今後の編集の参考にさせていただきますので、
アンケートにお答えいただければ幸いです。

下記 URL または二次元コードから
アンケートページへお入りください。
https://www.berrys-cafe.jp/static/etc/bb

一途な救命救急医の溢れる恋情で娶られて――
この最愛からは逃げられない
【ドクターヘリシリーズ】

2024年3月10日　初版第1刷発行

著　者　佐倉伊織
©Iori Sakura 2024

発行人　菊地修一

デザイン　hive & co.,ltd.

校　正　株式会社鷗来堂

発行所　スターツ出版株式会社
〒104-0031
東京都中央区京橋1-3-1　八重洲口大栄ビル7F
TEL　03-6202-0386（出版マーケティンググループ）
TEL　050-5538-5679（書店様向けご注文専用ダイヤル）
URL　https://starts-pub.jp/

印刷所　大日本印刷株式会社

Printed in Japan

乱丁・落丁などの不良品はお取替えいたします。
上記出版マーケティンググループまでお問い合わせください。
定価はカバーに記載されています。

ISBN 978-4-8137-1552-8　C0193

ベリーズ文庫 2024年3月発売

『一途な救命救急医の溢れる恋情で娶られて―この最愛からは逃げられない【ドクターヘリシリーズ】』 佐倉伊織・著

密かに想い続けていた幼なじみの海里と偶然再会した京香。フライトドクターになっていた海里は、ストーカーに悩む京香に偽装結婚を提案し、なかば強引に囲い込む。訳あって距離を置いていたのに、彼の甘い言葉と触れ合いに陥落寸前！「お前は一生俺のものだ」――止めどない溺愛で心も体も溶かされて…。

ISBN 978-4-8137-1552-8／定価748円（本体680円＋税10%）

『クールな海上自衛官は想い続けた政略妻へ激愛を放つ』 にしのムラサキ・著

継母や妹に虐げられ生きてきた海雪は、ある日見合いが決まったと告げられる。相手であるエリート海上自衛官・柊梧は海雪の存在を認めてくれ、政略妻だとしても彼を支えていこうと決意。生涯愛されるわけないと思っていたのに、「君だけが俺の唯一だ」と柊梧の秘めた激愛がとうとう限界突破して…!?

ISBN 978-4-8137-1553-5／定価748円（本体680円＋税10%）

『天才パイロットは契約妻を溺愛包囲して甘く満たす』 宝月なごみ・著

空港で働く紗弓は、ストーカー化した元恋人に襲われかけたところを若き天才パイロット・嵐に助けられる。身の危険を感じる紗弓に嵐が提案したのは、まさかの契約結婚で…!?　「守りたいんだ、きみのこと」――結婚生活は予想外に甘くて翻弄されっぱなし！　独占欲を露わにした彼に容赦なく溺愛されて…。

ISBN 978-4-8137-1554-2／定価748円（本体680円＋税10%）

『気高き敏腕CEOは薄幸秘書を滾る熱情で愛妻にする』 吉澤紗矢・著

OLの咲良はバーでCEOの颯斗と出会い一夜をともに。思い出にしようと思っていたらある日颯斗と再会！　ある理由から職探しをしていた咲良は、彼から秘書兼契約妻にならないかと提案されて!?　愛なき結婚のはずが、独占欲を露わにしてくる颯斗。彼からの甘美な溺愛に、咲良は身も心も絆されて…。

ISBN 978-4-8137-1555-9／定価737円（本体670円＋税10%）

『クールな脳外科医と溺愛まみれの契約婚～3年越しの一途な愛で陥落させられました～』 和泉あや・著

経営不振だった勤め先から突然解雇された菜子。友人の紹介で高級マンションのコンシェルジュとして働くことに。すると、マンションの住人である脳外科医・真城から1年間の契約結婚を依頼されて…!?　じつは以前、別の場所で出会っていたふたり。甘い新婚生活で、彼の一途な深い愛を思い知らされて…。

ISBN 978-4-8137-1556-6／定価748円（本体680円＋税10%）

ベリーズ文庫 2024年4月発売予定

Now Printing

『タイトル未定(パイロット×再会愛)【ドクターヘリシリーズ】』 佐倉伊織・著

ドクターヘリの運行管理士として働く真白。そこへ、2年前に真白から別れを告げた元恋人・篤人がパイロットとして着任。彼の幸せのために身を引いたのに、真白が独り身と知った篤人は甘く強引に距離を縮めてくる。「全部忘れて、俺だけ見てろ」空白の時間を取り戻すような溺愛猛攻に彼への想いを隠し切れず…。

ISBN 978-4-8137-1565-8／予価660円（本体600円＋税10%）

Now Printing

『エリート脳外科医が心酔する、三十日間の愛され妻』 葉月りゅう・著

OLの天乃は長年エリート外科医・夏生に片思い中。ある日余命1年半の病が発覚した天乃は残された時間は夏生のそばにいたいと、結婚攻撃に困っていた彼の偽装婚約者となる。それなのに溺愛たっぷりな夏生。そんな時病気のことがばれてしまい…。「君の未来は俺が作ってやる」夏生の純愛が奇跡を起こす…！

ISBN 978-4-8137-1566-5／予価748円（本体680円＋税10%）

Now Printing

『初恋婚』 高田ちさき・著

社長令嬢だった柚花は、父親亡き後叔父の策略にはまり、貧しい暮らしをしていた。ある日叔父から強制された見合いに行くと、現れたのはかつての恋人・公士。しかも、彼は大会社の御曹司になっていて⁉　身を引いたはずが、一途な愛に絆されて…。「俺が欲しいのは君だけだ」――溺愛溢れる立場逆転ラブ！

ISBN 978-4-8137-1567-2／予価748円（本体680円＋税10%）

Now Printing

『タイトル未定(御曹司×政略結婚)』 紅カオル・著

父と愛人の間の子である明花は、継母と異母姉に冷遇されて育った。ある時、父の工務店を立て直すため政略結婚することに。相手は冷酷と噂される大企業の御曹司・貴俊。緊張していたが、新婚生活での彼は予想に反して甘く優しい。異母姉はふたりを引き裂こうと画策するが、貴俊は一途な愛で明花を守り抜き…。

ISBN 978-4-8137-1568-9／予価660円（本体600円＋税10%）

Now Printing

『堅物副社長は甘え下手な秘書を逃がさない』 蓮美ちま・著

副社長秘書の凛は1週間前に振られたばかり。しかも元恋人は後輩と授かり婚をするという。浮気と結婚を同時に知り呆然とする凛。すると副社長の亮介はなぜか突然契約結婚の提案をしてきて…⁉　「絶対に逃がしたくない」――亮介の甘い溺愛に翻弄される凛。恋情秘めた彼の独占欲に抗うことはできなくて…。

ISBN 978-4-8137-1569-6／予価748円（本体680円＋税10%）

タイトル、価格等は変更になることがございますのでご了承ください。

ベリーズ文庫 2024年4月発売予定

Now Printing

『再会した警察官僚に溺甘保護されています』 鈴（すず）ゆりこ・著

OLの千晶は父の仕事の関係で顔なじみであったエリート警察官僚の英介と2年ぶりに再会する。高校生の頃から密かに憧れていた彼と、とある事情から同居することになって!?　クールなはずの彼の熱い眼差しに心乱されていく千晶。「俺に必要なのは君だけだ」抑えていた英介の溺愛が限界突破して…！

ISBN 978-4-8137-1570-2／予価748円（本体680円＋税10%）

Now Printing

『ちびドラゴンのママになったので、竜騎士さまとはよろしくできません』 晴日青（はるひあお）・著

捨てられた令嬢のエレオノールはドラゴンの卵を大切に育てていた。ある日竜騎士・ジークハルトに出会い卵が孵化！　しかも子どもドラゴンのお世話役に任命されて!?　最悪な印象だったはずなのに、「俺がお前の居場所になってやる」と予想外に甘く接してくる彼にエレオノールはやがてほだされていき…。

ISBN 978-4-8137-1571-9／予価748円（本体680円＋税10%）

タイトル、価格等は変更になることがございますのでご了承ください。